中國語言文字研究輯刊

十二編

許錟輝 主編

第 11 冊

曾運乾音學研究（下）

柯響峰 著

花木蘭文化出版社

國家圖書館出版品預行編目資料

曾運乾音學研究（下）／柯響峰 著 -- 初版 -- 新北市：花
木蘭文化出版社，2017〔民106〕
目 6+168 面；21×29.7 公分
（中國語言文字研究輯刊 十二編；第 11 冊）

ISBN-978-986-404-985-1

9 789864 049851

中國語言文字研究輯刊
十二編　　第十一冊　　　　　ISBN：

曾運乾音學研究（下）

作　　者　柯響峰
主　　編　許錟輝
總 編 輯　杜潔祥
副總編輯　楊嘉樂
編　　輯　許郁翎
出　　版　花木蘭文化出版社
社　　長　高小娟
聯絡地址　235 新北市中和區中安街七二號十三樓
　　　　　電話：02-2923-1455／傳真：02-2923-1452
網　　址　http://www.huamulan.tw 信箱 hml810518@gmail.com
印　　刷　普羅文化出版廣告事業
初　　版　2017 年 3 月
全書字數　309786 字
定　　價　十二編 12 冊（精裝）　台幣 30,000 元

曾運乾音學研究（下）

柯響峰 著

目次

表 次

附表　〈《廣韻》補譜〉

附表　〈《廣韻》補譜〉之一／噫攝

1　聲　韻			喉音	牙音					
			影一	見一	溪一	○	曉一	匣一	疑一
			影二	見二	溪二	群	曉二	匣（于）	疑二
			噫	格	客	○	黑	劾	額
噫攝 侈音	開口呼	十六咍一	哀烏開	該古哀	開苦哀		咍呼來	孩戶來	皚五來
		十五海	欸於改	改古亥	愷苦亥		海呼改	亥胡改	○
		十九代	愛烏代	溉古代	慨苦溉		儗海愛	瀣胡概	礙五溉
	合口呼		烏	姑	枯	○	呼	胡	吾
噫攝 弇音	齊齒呼		衣	幾	豈	其	義	囝	宜
		七之	醫於其	姬居之	*欺去其	其渠之	僖許其	○	疑語其
		六止	譩於擬	紀居理	起墟里	○	喜虛里	矣于紀	擬魚紀
		七志	意於記	記居吏	欫去吏	忌渠記	憙許記	○	懝魚記
	撮口呼		於	居	區	渠	虛	于	魚

2韻／聲			舌　音						
			端	透	定	○	泥	○	○
			知	徹	澄	喻	娘	照三	穿三
			德	託	特	○	內	○	○
噫攝	侈音	開口呼 十六咍	黸丁來	胎土來	臺徒哀		能奴來		
		十五海	等多改	嘌他亥	駘徒亥		乃奴亥		
		十九代	載都代	貸他代	代徒耐		耐奴代		
			都	土	徒	○	奴	○	○
		合口呼							
	弇音		知	癡	池	夷	尼	之	叱
		齊齒呼 七之	○	癡丑之	治直之	飴與之	○	之止而	○
		六止	徵陟里	恥敕里	峙直里	以羊己	你乃里	止諸市	蚩赤之
		七志	置陟吏	眙丑吏	值直吏	異羊吏	○	志職吏	○
			豬	楮	除	余	女	諸	處
		撮口呼							

3 韻 聲				舌　音					齒　音	
				○	○	○	○	○	精一	清一
				牀三	審三	禪	日	來	精二	清二
				○	○	○	○	勒	則	采
噫攝	侈音	開口呼	十六咍					來落哀	栽祖才	猜倉才
			十五海					釖來改	宰昨亥	采倉宰
			十九代					賚洛代	載昨代	蔡倉代
		合口呼								
				○	○	○	○	盧	祖	麁
	弇音	齊齒呼		食	詩	時	兒	離	即	七
			七之	漦*俟甾	詩書之	時市之	而知之	釐里之	茲子之	○
			六止	俟漦史	始詩止	試式吏	耳而止	里良士	子即里	○
			七志	○	試式吏	侍時吏	餌仍吏	吏力置	○	截七吏
				紓	書	墅	如	呂	借	取
		撮口呼								

4韻 聲				齒音						
				從一	心一	○	○	○	○	○
				從二	心二	邪	照二	穿二	牀二	審二
				在	塞	○	○	○	○	○
噫攝	侈音	開口呼	十六咍	裁昨來	鰓蘇來					
			十五海	在昨宰	○					
			十九代	載昨代	賽先代					
		合口呼		徂	蘇	○	○	○	○	○
	弇音	齊齒呼		疾	息	夕	側	測	崱	色
			七之	慈疾之	思息茲	詞似茲	菑側持	輜楚持	茬士之	○
			六止	○	枲胥里	似祥里	滓阻史	剘初紀	士鉏里	史疏士
			七志	字疾置	笥相吏	寺祥吏	胾側吏	厠初吏	事鉏吏	駛疏吏
		撮口呼		咀	胥	除	阻	初	鋤	疏

5 韻 \ 聲				脣　音			
				幫 非 北	滂 敷 柏	並 奉 白	明 微 墨
噫攝	侈音	開口呼	十六咍	○	姏（普才）	㟊（扶來）	○
			十五海	俖（普乃）	啡（匹愷）	倍（薄亥）	穤（莫亥）
			十九代	○	○	○	穤（莫代）
				補	普	蒲	模
		合口呼					
	弇音	齊齒呼		陂	披	皮	眉
			七之	○	○	○	○
			六止	○	○	○	○
			七志	○	○	○	○
		撮口呼		府	敷	扶	無

附表　〈《廣韻》補譜〉之二／曾攝

聲＼韻				喉音	牙音					
				影一	見一	溪一	○	曉一	匣一	疑一
				影二	見二	溪二	群	曉二	匣(于)	疑二
				噫	格	客	○	黑	劮	額
曾攝	侈音	開口呼	十七登一	○	拑古恒	○		○	恒胡登	○
			四三等一	○	○	肯苦等		○	○	○
			四八嶝一	○	亙古鄧	○		○	○	○
			二五德一	餩愛黑	祴古得	刻苦得		黑呼北	劮胡得	○
		合口呼		烏	姑	枯	○	呼	胡	吾
			十七登二	○	肱古弘	○		薨呼肱	弘胡肱	○
			四三等二	○	○	○		○	○	○
			四八嶝二	○	○	○		○	○	○
			二五德二	○	國古或	○		幗呼或	或胡國	○
	弇音	齊齒呼		衣	幾	豈	其	義	圍	宜
			十六蒸	膺於陵	兢居陵	硱綺兢	殑其矜	興虛陵	○	凝魚陵
			四二拯一	○	○	○	*殑其拯	○	○	○
			四七證一	應於證	○	○	殑其餕	興許應	○	凝牛餕
			二四職一	憶於力	殛紀力	䧘丘力	極渠力	*㶠許極	○	嶷魚力
		撮口呼		於	居	區	渠	虛	于	魚
			十六蒸	○	○	○	○	○	○	○
			四二拯一	○	○	○	○	○	○	○
			四七證一	○	○	○	○	○	○	○
			二四職一	○	○	○	○	*淢況逼	*域雨逼	○

2 韻 / 聲			舌　音						
			端 / 知 / 德	透 / 徹 / 託	定 / 澄 / 特	○ / 喻 / ○	泥 / 娘 / 內	○ / 照三 / ○	○ / 穿三 / ○
臻攝	侈音	開口呼	十七登一	登都滕	鼟他登	騰徒登		能奴澄		
			四三等一	等多肯	○	殄徒典		能奴等		
			四八嶝一	嶝都鄧	澄台鄧	鄧徒亙				
			二五德一	德多則	忒他德	特徒得		螚奴勒		
				都	土	徒	○	奴	○	○
		合口呼	十七登二	○	○	○		○		
			四三等二	○	○	○		○		
			四八嶝二	○	○	○		○		
			二五德二	○	○	○		○		
	弇音			知	癡	池	夷	尼	之	叱
		齊齒呼	十六蒸	徵陟陵	僜丑升	澄直陵	蠅余陵	○	蒸煮仍	稱處陵
			四二拯一	○	*庱丑拯	○	○	○	拯煮仍（上聲）	○
			四七證一	○	覴丑證	瞪丈證	孕以證	○	證諸應	稱昌孕
			二四職一	陟竹力	敕恥力	直除力	弋與職	匿女力	職之翼	瀷昌力
				豬	楮	除	余	女	諸	處
		撮口呼	十六蒸	○	○	○	○	○	○	○
			四二拯一	○	○	○	○	○	○	○
			四七證一	○	○	○	○	○	○	○
			二四職一	○	○	○	○	○	○	○

3　韻				舌　音					齒　音	
			聲	○	○	○	○	○	精一	清一
				牀三	審三	禪	日	來	精二	清二
				○	○	○	○	勒	則	采
膺攝	侈音	開口呼	十七登一					楞魯登	增作滕	
			四三等一					○	○	○
			四八嶝一					踜魯鄧	增子鄧	蹭千鄧
			二五德一					勒盧則	則子德	城七則
		合口呼		○	○	○	○	盧	祖	麁
			十七登二					○	○	○
			四三等二					○	○	○
			四八嶝二					○	○	○
			二五德二					○	○	○
	弇音	齊齒呼		食	詩	時	兒	離	即	七
			十六蒸	繩食陵	升職蒸	丞署陵	仍如乘	陵力膺	○	○
			四二拯一	○	○	○	○	○	○	○
			四七證一	乘實證	勝詩證	丞常證	認而證	餕里甑	甑子孕	○
			二四職一	食乘力	識賞職	寔常職	○	力林直	即子力	○
		撮口呼		紓	書	墅	如	呂	借	取
			十六蒸	○	○	○	○	○	○	○
			四二拯一	○	○	○	○	○	○	○
			四七證一	○	○	○	○	○	○	○
			二四職一	○	○	○	○	○	○	○

4韻 聲韻				齒音						
				從一	心一	○	○	○	○	○
				從二	心二	邪	照二	穿二	牀二	審二
				在	塞	○	○	○	○	○
曾攝	佟音	開口呼	十七登一	層昨滕	僧蘇增					
			四三等一	○	○					
			四八嶝一	贈昨亙	㜺思贈					
			二五德一	賊昨則	塞蘇則					
		合口呼		徂	蘇	○	○	○	○	○
			十七登二	○	○					
			四三等二	○	○					
			四八嶝二	○	○					
			二五德二	○	○					
	弇音	齊齒呼		疾	息	夕	側	測	崱	色
			十六蒸	繒疾陵	○	○	○	○	崱仕兢	殑山矜
			四二拯一	○	○	○	○	○	○	殑色庱
			四七證一	○	○	○	○	○	○	○
			二四職一	㬜秦力	息相即	○	稄阻力	測初力	崱士力	色所力
		撮口呼		咀	胥	除	阻	初	鋤	疏
			十六蒸	○	○	○	○	○	○	○
			四二拯一							
			四七證一							
			二四職一							

5 韻　　聲			脣　音			
			幫	滂	並	明
			非	敷	奉	微
			北	柏	白	墨
曾攝	侈音	開口呼				
		十七登一	崩北滕	漰普朋	朋步崩	瞢武登
		四三等一	○	俹普等	○	○
		四八嶝一	絣方隥	○	倗父鄧	懵武亙
		二五德一	北博墨	覆匹北	菔蒲北	墨莫北
			補	普	蒲	模
		合口呼				
		十七登二	○	○	○	○
		四三等二	○	○	○	○
		四八嶝二	○	○	○	○
		二五德二	○	○	○	○
	弇音	齊齒呼				
			陂	披	皮	眉
		十六蒸	冫筆陵	砅披冰	凭扶冰	○
		四二拯一	○	○	○	○
		四七證一	○	○	凭皮證	○
		二四職一	逼彼側	堛芳逼	愎符逼	寱亡逼
			府	敷	扶	無
		撮口呼				
		十六蒸	○	○	○	○
		四二拯一	○	○	○	○
		四七證一	○	○	○	○
		二四職一	○	○	○	○

附表　〈《廣韻》補譜〉之三／娃（益）攝

1 聲 韻				喉音	牙　音					
				影一	見一	溪一	○	曉一	匣一	疑一
				影二	見二	溪二	群	曉二	匣（于）	疑二
				噎	格	客	○	黑	劾	額
娃攝	侈音	開口呼	十二齊一半	詝烏奚	枅古奚	繫苦奚		醯呼雞	膎胡雞	倪五稽
			十一薺一半	枍烏弟	○	傒康禮		○	○	堄研啓
			十二霽一半	吟於計	繫古詣	契苦計		*欬呼計	盼胡計	睨五計
		合口呼		烏	姑	枯	○	呼	胡	吾
			十二齊二半	*枍烏攜	圭古攜	奎苦圭		*睳呼攜	攜尹圭	○
			十一薺二半	○	○	○		○	○	○
			十二霽二半	○	桂古惠	○		淖呼惠	儶胡桂	○
	弇音	齊齒呼		衣	幾	豈	其	義	囤	宜
			五支一半	漪於離	○	○	衹巨支	詑香支	○	○
			四紙一半	○	枳居帋	*企丘弭	○	○	○	○
			五寘一半	縊於賜	馶居企	企去智	○	興許應	○	○
		撮口呼		於	居	區	渠	虛	于	魚
			五支二半	○	鵤居隨	闚去隨	○	陸許規	○	○
			四紙二半	○	○	跬丘弭	○	○	○	○
			五寘二半	恚於避	瞡規恚	○	○	孈呼恚	○	○

2 韻 / 聲 / 韻				舌　音						
				端	透	定	○	泥	○	○
				知	徹	澄	喻	娘	照三	穿三
				德	託	特	○	內	○	○
娃攝	侈音	開口呼	十二齊一半	鞮都奚	騠土雞	嗁杜奚		○		
			十一薺一半	堤都禮	醍他禮	遞徒禮		○		
			十二霽一半	帝都計	替他計	第特計		泥奴計		
				都	土	徒	○	奴	○	○
		合口呼	十二齊二半	○	○	○	○	○		
			十一薺二半	○	○	○	○	○		
			十二霽二半	○	○	○	○	○		
	弇音	齊齒呼		知	癡	池	夷	尼	之	叱
			五支一半	知陟離	摛丑知	馳直離	移弋支	○	支章移	眵叱支
			四紙一半	致陟侈	褫敕豸	豸池爾	酏移爾	狔女氏	紙諸氏	侈尺氏
			五寘一半	智知義	○	○	易以豉	○	寘支義	翅充豉
		撮口呼		豬	楮	除	余	女	諸	處
			五支二半	○	○	○	○	○	○	○
			四紙二半	○	○	○	○	○	○	○
			五寘二半	娷竹恚	○	○	○	諉女恚	○	○

3 韻			聲	舌　音					齒　音	
				○	○	○	○	○	精一	清一
				牀三	審三	禪	日	來	精二	清二
				○	○	○	○	勒	則	采
娃攝	侈音	開口呼	十二齊一半					繨郎奚	○	○
			十一薺一半					蠡盧啓	刐子禮	○
			十二霽一半					麗郎計	○	○
		合口呼		○	○	○	○	盧	祖	麓
			十二齊二半					○	○	○
			十一薺二半					○	○	○
			十二霽二半					○	○	○
								○	○	○
	弇音	齊齒呼		食	詩	時	兒	離	即	七
			五支一半	○	繨式支	提是支	兒汝移	離呂支	貲即移	雌此移
			四紙一半	䶩神爾	弛施是	是承紙	爾兒氏	邐力紙	紫將此	此雌氏
			五寘一半	○	翅施智	豉是義	○	詈力智	積子智	刺七賜
		撮口呼		紓	書	墅	如	呂	借	取
			五支二半	○	○	○	○	○	○	○
			四紙二半	○	○	○	○	○	○	○
			五寘二半	○	○	○	○	○	○	○
				○	○	○	○	○	○	○

4韻 ＼ 聲			齒　音						
			從一	心一	○	○	○	○	○
			從二	心二	邪	照二	穿二	牀二	審二
			在	塞	○	○	○	○	○
娃攝	侈音	開口呼	十二齊一半 ○	嘶先稽					
			十一薺一半 ○	○					
			十二霽一半 ○	○					
		合口呼	徂	蘇	○	○	○	○	○
			十二齊二半 ○	○					
			十一薺二半 ○	○					
			十二霽二半 ○	○					
	弇音	齊齒呼	疾	息	夕	側	測	崱	色
			五支一半 疵疾移	斯息移	○	○	○	○	○
			四紙一半 ○	徙斯氏	猗隨婢	○	○	○	○
			五寘一半 漬疾智	賜斯義	○	○	○	○	○
		撮口呼	咀	胥	除	阻	初	鋤	疏
			五支二半 ○	○	○	○	○	○	○
			四紙二半 ○	○	○	○	○	○	○
			五寘二半 ○	○	○	○	○	○	○

5　韻　聲	唇　音			
	幫	滂	並	明
	非	敷	奉	微
	北	柏	白	墨
侈音　開口呼	補	普	蒲	模
十二齊一半	諀邊兮	剕匹迷	鼙部迷	麛莫分
十一薺一半	較補米	頧匹米	髀傍禮	○
十二霽一半	閉博計	睥匹詣	薜蒲計	○
侈音　合口呼				
十二齊二半	○	○	○	○
十一薺二半	○	○	○	○
十二霽二半	○	○	○	○
娃攝　弇音　齊齒呼	陂	披	皮	眉
五支一半	卑府移	跛匹支	陴符支	彌武移
四紙一半	○	諀匹婢	*俾并弭	洦綿婢
五寘一半	*臂卑義	*譬匹賜	*避毗義	○
弇音　撮口呼	府	敷	扶	無
五支二半	○	○	○	○
四紙二半	○	○	○	○
五寘二半	○	○	○	○

附表　《廣韻》補譜之四／嬰攝

1 聲 / 韻	喉音	牙音					
	影一	見一	溪一	○	曉一	匣一	疑一
	影二	見二	溪二	群	曉二	匣(于)	疑二
	噫	格	客	○	黑	劼	額
侈音　開口呼　十五青一	○	經古靈	○		馨呼刑	刑戶經	○
四一迥一	嫈烟淬	剄古挺	謦去挺		○	婞胡頂	脛五剄
四六徑一	○	徑古定	罄苦定		○	脛胡定	○
二三錫一	○	激古歷	燉苦擊		赦許激	檄胡狄	鷁五歷
合口呼	烏	姑	枯	○	呼	胡	吾
十五青二	○	扃古螢	○		眭呼攜	攜尹圭	
四一迥二	濙烏迥	熲古迥	褧口迥		○	熒戶扃	○
四六徑二	*鎣烏定	○	○		嘒呼惠	*迥戶熲	○
二三錫二	○	郹古闃	闃苦鶪		殈呼臭	○	○
嬰攝　弇音　齊齒呼　十四清一	嬰於盈	○	輕去盈	祇巨支	詑香支	○	凝魚陵
四十靜一	廮於郢	頸居郢	○		○	○	○
四五勁一	○	勁居正	輕虛正		興許應	○	凝牛餕
二二昔一	益伊昔	○	○				
撮口呼	於	居	區	渠	虛	于	魚
十四清二	縈於營	○	傾去營	瓊渠營	詗火營	*營于傾〔註1〕	○
四十靜二	○	○	頃去穎	○	○	*穎于頃	○
四五勁二	○	○	○	○	敻休正	○	○
二二昔二	○	○	○	○	瞁許役	役營隻	
十四清一	嬰於盈	○	輕去盈	祇巨支	詑香支	○	凝魚陵

〔註1〕曾君此改營余頃切爲于傾切，營置此。改靜二之穎餘頃爲于頃切。

2 韻 \ 聲			舌音						
			端	透	定	○	泥	○	○
			知	徹	澄	喻	娘	照三	穿三
			德	託	特	○	內	○	○
嬰攝	侈音	開口呼							
		十五青一	丁當經	汀他丁	庭特丁		寧奴丁		
		四一迥一	頂都挺	珽他鼎	挺徒鼎		顎乃挺		
		四六徑一	矴丁定	聽他定	定徒徑		甯乃定		
		二三錫一	的都歷	逖他歷	荻徒歷		怒叔歷		
			都	土	徒	○	奴	○	○
		合口呼							
		十五青二	○	○	○	○	○		
		四一迥二	○	○	○	○	○		
		四六徑二	○	○	○	○	○		
		二三錫二	○	○	○	○	○		
	弇音		知	癡	池	夷	尼	之	叱
		齊齒呼							
		十四清一	貞陟盈	檉丑貞	呈直貞	盈以成	○	征諸盈	○
		四十靜一	○	逞丑郢	徎丈井	郢以整	○	整之郢	○
		四五勁一	○	遉丑鄭	鄭直正	○	○	政之盛	○
		二二昔一	*藬竹益	*彳丑亦	擲直炙	繹羊益	○	隻之石	尺昌石
			豬	楮	除	余	女	諸	處
		撮口呼							
		十四清二	○	○	○	○	○	○	○
		四十靜二	○	○	○	○	○	○	○
		四五勁二	○	○	○	○	○	○	○
		二二昔二	○	○	○	○	○	○	○

3韻			聲	○	○	○	○	○	精一	清一
				牀三	審三	禪	日	來	精二	清二
				○	○	○	○	勒	則	采
嬰攝	侈音	開口呼	十五青一					靈郎丁	○	青倉徑
			四一迴一					等力鼎	○	○
			四六徑一					零郎定	○	誆千定
			二三錫一					靂郎擊	績則歷	戚倉歷
		合口呼		○	○	○	○	盧	祖	麄
			十五青二					○	○	○
			四一迴二					○	○	○
			四六徑二					○	○	○
			二三錫二					○	○	○
	弇音	齊齒呼		食	詩	時	兒	離	即	七
			十四清一	○	聲書盈	成是征	○	跉呂貞	精子盈	清七情
			四十靜一	○	○	○	○	領良郢	井子郢	請七靜
			四五勁一	○	聖式正	盛承正	○	令力政	精子姓	倩七政
			二二昔一	麝食亦	釋施隻	石常隻	○	○	積資昔	皵七迹
		撮口呼		紓	書	墅	如	呂	借	取
			十四清二	○	○	○	○	○	○	○
			四十靜二	○	○	○	○	○	○	○
			四五勁二	○	○	○	○	○	○	○
			二二昔二	○	○	○	○	○	○	○

舌音 齒音

4 韻 ＼ 聲			齒　音						
			從一	心一	○	○	○	○	○
			從二	心二	邪	照二	穿二	牀二	審二
			在	塞	○	○	○	○	○
嬰攝	侈音	開口呼	十五青一	○	星桑徑				
			四一迥一	洪徂醒	醒蘇挺				
			四六徑一	○	腥蘇佞				
			二三錫一	寂前歷	錫先擊				
		合口呼		徂	蘇	○	○	○	○	○
			十五青二	○	○				
			四一迥二	○	○				
			四六徑二	○	○				
			二三錫二						
	弇音	齊齒呼		疾	息	夕	側	測	崱	色
			十四清一	情疾盈	*騂息營	餳徐盈	○	○	○	○
			四十靜一	靜疾郢	省息井	○	○	○	○	○
			四五勁一	淨疾政	性息正	○	○	○	○	○
			二二昔一	籍秦昔	昔思積	席祥易			
		撮口呼		咀	胥	除	阻	初	鋤	疏
			十四清二	○	○	○	○	○	○	○
			四十靜二	○	○	○	○	○	○	○
			四五勁二	○	○	○	○	○	○	○
			二二昔二						

			唇　音			
5韻		聲	幫	滂	並	明
			非	敷	奉	微
			北	柏	白	墨
嬰攝	侈音	開口呼 十五青一	○	塀普丁	瓶薄經	冥莫經
		四一迥一	鞞補鼎	頩匹迥	*竝蒲迥	*茗莫迥
		四六徑一	○	○	○	暝莫定
		二三錫一	壁北激	霹普擊	甓扶歷	覓莫狄
		合口呼	補	普	蒲	模
		十五青二	○	○	○	○
		四一迥二	○	○	○	○
		四六徑二	○	○	○	○
		二三錫二				
	弇音	齊齒呼	陂	披	皮	眉
		十四清一	並府盈	○	○	名武並
		四十靜一	餅必郢	○	○	眳亡井
		四五勁一	*摒卑政	聘匹正	偋防正	詺彌正
		二二昔一	辟必益	僻芳辟	擗房益	○
		撮口呼	府	敷	扶	無
		十四清二	○	○	○	○
		四十靜二	○	○	○	○
		四五勁二	○	○	○	○
		二二昔二				

附表　〈《廣韻》補譜〉之五／阿攝

1 聲 韻			喉音	牙音					
			影一	見一	溪一	○	曉一	匣一	疑一
			影二	見二	溪二	群	曉二	匣（于）	疑二
			噫	格	客	○	黑	劾	額
阿 攝	侈 音	開 口 呼	七歌	阿烏何	歌古俄	珂苦何		訶虎何	何胡歌	莪五何
			三三哿	閜烏可	哿古我	可枯我		歌盧我	荷胡可	我五可
			三八箇	侉安賀	箇古過	坷口箇		呵呼箇	賀胡箇	餓五个
		合 口 呼		烏	姑	枯	○	呼	胡	吾
			八戈	倭烏禾	戈古禾	科苦禾		*蘳許肥	和戶戈	訛五禾
			三四果	婐烏迥	果古迥	顆口迥		火呼果	禍胡火	姽五果
			三九過	*錁烏定	○	○		貨呼臥	和胡臥	臥吾貨
	弇 音	齊 齒 呼		衣	幾	豈	其	義	圉	宜
			五支一半	○	羈居宜	敧去奇	奇渠羈	犧許羈	○	宜魚羈
			四紙一半	*倚於綺	掎居綺	*綺墟彼	技渠綺	犧興倚	○	螘魚倚
			五寘一半	倚於義	寄居義	*企卿義	芰奇寄	戲香義	○	議宜寄
		撮 口 呼		於	居	區	渠	虛	于	魚
			五支二半	逶於為	嬀居為	虧去為	○	麾許為	*為薳垂	危魚為
			四紙二半	委於詭	詭過委	跬去委	跪渠委	毀許委	蔿韋委	硊魚毀
			五寘二半	餧於偽	攱詭偽	觖窺瑞	○	毀況偽	為于偽	偽危睡

2 聲 韻			舌　音						
			端	透	定	○	泥	○	○
			知	徹	澄	喻	娘	照三	穿三
			德	託	特	○	內	○	○
阿攝	侈音	開口呼	七歌	多得何	佗託何	駝徒何		那諾何		
			三三哿	觰丁可	袉吐可	爹徒可		橠奴可		
			三八箇	路丁佐	拕吐邏	馱唐佐		奈奴箇		
				都	土	徒	○	奴	○	○
		合口呼	八戈	陊丁戈	詫土禾	鸵徒和		捼奴禾		
			三四果	埵丁果	妥他果	墮徒果		姬奴果		
			三九過	桗都唾	唾湯臥	惰徒臥		愞乃臥		
	弇音	齊齒呼		知	癡	池	夷	尼	之	叱
			五支一半	*爹陟邪	○	○	*邪以遮	○	*遮正奢	*車尺遮
			四紙一半	綺竹下	○	○	*野羊者	○	*者章也	奲昌者
			五寘一半	○	○	○	夜羊謝	○	*柘之夜	*赿充夜
		撮口呼		豬	楮	除	余	女	諸	處
			五支二半	腄竹垂	○	箺直垂	蘂悅吹	○	*騹之垂	吹昌垂
			四紙二半	○	○	○	苼羊捶	○	捶之累	○
			五寘二半	○	○	縋馳偽	瓗以睡	○	惴之睡	吹尺偽

3韻 / 聲				舌音					齒音	
				○	○	○	○	○	精一	清一
				牀三	審三	禪	日	來	精二	清二
				○	○	○	○	勒	則	采
阿攝	侈音	開口呼	七歌					羅魯何	○	蹉七何
			三三哿					橯來可	*左臧可	瑳千可
			三八箇					邏郎佐	*佐則箇	○
				○	○	○	○	盧	祖	蓑
		合口呼	八戈					贏落戈	伜子戈	莝七戈
			三四果					裸郎果	硰作可	脞倉果
			三九過					臝魯過	挫則臥	䂳麤臥
	弇音			食	詩	時	兒	離	即	七
		齊齒呼	五支一半	*蛇食遮	奢式車	闍視遮	*若人賒	○	*嗟子邪	○
			四紙一半	○	*捨書冶	*社常者	*若人者	○	*姐茲野	*且七也
			五寘一半	*射神夜	*舍始夜	○	○	○	*唶子夜	*笡遷夜
				紓	書	墅	如	呂	借	取
		撮口呼	五支二半	○	○	○	○	蠃力為	劑遵為	○
			四紙二半	○	○	○	○	縏力委	觜即委	○
			五寘二半	○	○	○	○	累良偽	○	○

4 韻 \ 聲			齒音						
			從一	心一	○	○	○	○	○
			從二	心二	邪	照二	穿二	牀二	審二
			在	塞	○	○	○	○	○
阿攝	侈音	開口呼	七歌	醝昨何	娑素何				
			三三哿	○	縒蘇可				
			三八箇	○	些蘇箇				
			徂	蘇	○	○	○	○	○
		合口呼	八戈	矬昨禾	莎蘇禾				
			三四果	坐徂果	鎖蘇果				
			三九過	座徂臥	膜先臥				
	弇音	齊齒呼	疾	息	夕	側	測	崱	色
			五支一半	*査才邪	*些寫邪	*衰似嗟	齜側宜	差楚宜	齹士宜	釃所宜
			四紙一半	○	*寫悉姐	*灺徐野	○	○	○	躧所綺
			五寘一半	*褯慈夜	*蝑司夜	*謝辭夜	縒爭義	○	○	屣所寄
		撮口呼	咀	胥	除	阻	初	鋤	疏
			五支二半	○	眭息爲	隨旬爲	○	衰楚危	○	韉山垂
			四紙二半	惢才捶	髓息委	○	○	揣楚委	○	○
			五寘二半	○	綏思累	○	○	○	○	○

5 韻 \ 聲				幫〔非〕北	滂〔敷〕柏	並〔奉〕白	明〔微〕墨
攝	佹音	開口呼	七歌	○	○	○	○
			三三哿	○	○	○	○
			三八箇	○	○	○	○
		合口呼		補	普	蒲	模
			八戈	波博禾	頗滂禾	婆薄波	摩莫婆
			三四果	跛布火	叵普火	*爸捕火	麼亡果
			三九過	播捕過	破普過	縛符臥	磨模臥
	弇音	齊齒呼		陂	披	皮	眉
			五支一半	○	鈹敷羈	皮符羈	○
			四紙一半	○	○	○	○
			五寘一半	*賁彼義	*帔披義	髲平義	○
		撮口呼		府	敷	扶	無
			五支二半	陂彼爲	○	○	○
			四紙二半	彼甫委	○	○	○
			五寘二半	○	○	○	○

附表　《《廣韻》補譜》之六／藹（阿攝附）攝

聲＼韻			喉音	牙　音					
			影一	見一	溪一	○	曉一	匣一	疑一
			影二	見二	溪二	群	曉二	匣（于）	疑二
			噫	格	客	○	黑	劾	額
（附）藹攝	侈音	開口呼							
		十四泰一	藹於蓋	蓋古太	磕苦蓋	○	餀呼艾	害胡蓋	艾五蓋
			烏	姑	枯	○	呼	胡	吾
		合口呼							
		十四泰二	憒烏外	儈古外	䯏苦會	○	譮呼臥	*會黃外	外五會
	弇音		衣	幾	豈	其	義	圉	宜
		齊齒呼							
		十三祭一	餲於罽	猘居例	憩去例	偈其憩	○	○	藝魚祭
			於	居	區	渠	虛	于	魚
		撮口呼							
		十三祭二	○	劌居衛	○	○	○	衛于歲	○

2 韻 \ 聲				舌　　　音							
				端	透	定	○	泥	○	○
				知	徹	澄	喻	娘	照三	穿三
				德	託	特	○	內	○	○
（附）藹攝	侈音	開口呼								
			十四泰一	帶當蓋	泰他蓋	大徒蓋		奈奴帶		
		合口呼		都	土	徒	○	奴	○	○
			十四泰二	役丁外	娧他外	兌杜外		○		
	弇音	齊齒呼		知	癡	池	夷	尼	之	叱
			十三祭一	瘵竹例	跐丑例	滯直例	曳餘制	○	制征例	掣尺制
		撮口呼		豬	楮	除	余	女	諸	處
			十三祭二	○	○	鋝除芮	銳以芮	○	贅之芮	○

3 韻 聲			舌　音					齒　音	
			○	○	○	○	○	精一	清一
			牀三	審三	禪	日	來	精二	清二
			○	○	○	○	勒	則	采
	侈音	開口呼							
		十四泰一					賴洛蓋	○	蔡倉大
			○	○	○	○	盧	祖	竄
		合口呼							
		十四泰二					酹郎外	最祖外	襊麤最
(附)藹攝	弇音	齊齒呼		食	詩	時	兒	離	即	七
		十三祭一	○	世舒制	逝時制	○	例力制	祭子例	○
		撮口呼	紓	書	墅	如	呂	借	取
		十三祭二	○	稅舒芮	啜嘗芮	芮面銳	○	蕝子芮	毳此芮

4 韻 \ 聲			齒　音						
			從一	心一	○	○	○	○	○
			從二	心二	邪	照二	穿二	牀二	審二
			在	塞	○	○	○	○	○
（附）藹攝	侈音	開口呼							
		十四泰一	○	○					
			徂	蘇	○	○	○	○	○
		合口呼							
		十四泰二	*蕞才外	碾先外					
	弇音	齊齒呼	疾	息	夕	側	測	崱	色
		十三祭一	○	○	○	○	○	○	嶻所例
		撮口呼							
		十三祭二	○	歲相銳	篲祥歲	○	毳楚銳	○	啐山芮

5 韻 〔聲〕			脣　音			
			幫	滂	並	明
			非	敷	奉	微
			北	柏	白	墨
侈音	開口呼					
		十四泰一	貝博蓋	霈普蓋	旆蒲蓋	昧莫貝
	合口呼		補	普	蒲	模
		十四泰二	○	○	○	○
（附）藹攝 弇音	齊齒呼		陂	披	皮	眉
		十三祭一	蔽必袂	*潎匹蔽	獘毗祭	袂彌獘
	撮口呼		府	敷	扶	無
		十三祭二	○	○	○	○

附表　〈《廣韻》補譜〉之七／安攝

1 韻 ＼ 聲			喉音 影一	牙音 見一	溪一	○	曉一	匣一	疑一
			影二	見二	溪二	群	曉二	匣（于）	疑二
			噫	格	客	○	黑	劾	額
安攝	侈音	開口呼							
		二五寒	安烏寒	干古寒	看苦寒		頇許干	寒胡安	豻俄寒
		二三旱	○	笴古旱	侃空旱		罕呼旱	旱胡笴	○
		二八翰	按烏旰	蓋古太	磝苦蓋	○	漢呼旰	翰侯旰	岸五旰
		十二曷	遏烏葛	葛古達	渴苦曷		顜許葛	曷胡葛	巀五割
	合口呼		烏	姑	枯	○	呼	胡	吾
		二六桓	剜一丸	官古丸	寬苦官		歡呼官	桓胡官	岏五丸
		二四緩	椀烏管	管古滿	款苦管		○	緩胡管	○
		二九換	惋烏貫	貫古玩	鏬口喚	○	*喚火貫	換胡玩	玩五換
		十三末	斡烏括	括古活	闊苦栝		豁呼括	活戶括	枂五活
	弇音	齊齒呼	衣	幾	豈	其	義	囩	宜
		二仙一	馬於乾	甄居延	愆去乾	乾渠馬	嫣許延	漹有乾	○
		二八獮一	放於蹇	蹇九輦	遣去演	件其輦	○	○	齴魚蹇
		三二線一	躽於扇	○	譴去戰	○	○	衍于線	彥魚變
		十七薛一	焆於列	孑居列	*朅丘竭	傑渠列	娎許列	○	孽魚列
	撮口呼		於	居	區	渠	虛	于	魚
		二仙二	娟於緣	勬居員	棬丘圓	權臣員	翾許緣	員王權	○
		二八獮二	○	卷居轉	○	圏渠篆	蠉香兗	○	○
		三二線二	○	眷居倦	絭區倦	倦渠卷	○	瑗王眷	○
		十七薛二	噦乙劣	蹶紀劣	缺傾雪	○	旻許劣	○	○

2韻 聲			舌　音						
			端	透	定	○	泥	○	○
			知	徹	澄	喻	娘	照三	穿三
			德	託	特	○	內	○	○
安攝	侈音	開口呼							
		二五寒	單都寒	灘他干	壇徒干		難那干		
		二三旱	亶多旱	坦他但	但徒旱		*攤奴但		
		二八翰	旦得按	炭他旦	憚徒案		攤奴案		
		十二曷	怛當割	闥他達	達唐割		捺奴曷		
			都	土	徒	○	奴	○	○
		合口呼							
		二六桓	端多官	湍他端	團度官		*濡乃官		
		二四緩	短都管	疃吐緩	斷徒管		煖乃管		
		二九換	鍛丁貫	彖通貫	段徒玩		偄奴亂		
		十三末	掇丁括	侻他括	奪徒活		○		
	弇音	齊齒呼	知	癡	池	夷	尼	之	叱
		二仙一	邅張連	脠丑延	纏直連	延以然	○	饘諸延	*燀尺延
		二八獮一	展知演	搌丑善	邅除善	演以淺	趁尼展	膳旨善	闡昌善
		三二線一	驙陟扇	○	邅持碾	○	輾女箭	戰之膳	硟昌戰
		十七薛一	哲陟列	屮丑列	轍直列	抴羊列	○	哲旨熱	掣昌列
		撮口呼	豬	楮	除	余	女	諸	處
		二仙二	*廛丁全	猭丑緣	椽直攣	沿與專	○	專職緣	穿昌緣
		二八獮二	轉陟兗	○	篆持兗	兗以轉	○	剸昌兗	舛昌兗
		三二線二	囀知戀	猭丑戀	傳直戀	掾以絹	○	剸之囀	釧尺絹
		十七薛二	輟丑劣	畷丑悅	○	悅弋雪	呐女劣	拙職悅	歠昌悅

				舌　　音					齒　音	
3 韻			聲	○	○	○	○	○	精一	清一
				牀三	審三	禪	日	來	精二	清二
				○	○	○	○	勒	則	采
安攝	侈音	開口呼	二五寒					蘭落干	○	*餐七安
			二三旱					嬾落旱	瓚作旱	○
			二八翰					爛郎旰	讚則旰	粲蒼案
			十二曷					剌盧達	○	攃七曷
		合口呼		○	○	○	○	盧	祖	麁
			二六桓					鑾落官	鑽借官	○
			二四緩					卵盧管	纂作管	○
			二九換					亂郎段	*攢子筭	竄七亂
			十三末					捋郎括	鬢姊末	撮倉括
	弇音	齊齒呼		食	詩	時	兒	離	即	七
			二仙一	○	羶式連	鋋市連	然如延	連力延	煎子仙	遷七然
			二八獮一	○	燃式善	善常演	蹨人善	輦力展	翦即淺	淺七演
			三二線一	○	扇式戰	繕時戰	輾女箭	*㿉連彥	箭子賤	○
			十七薛一	舌食列	設識列	*折常列	熱如列	列良薛	蠻姊列	○
		撮口呼		紓	書	墅	如	呂	借	取
			二仙二	船食川	○	遄市緣	堧而緣	攣呂員	鐫子泉	詮此緣
			二八獮二	○	○	膞市兗	輭而兗	臠力兗	雋子兗	○
			三二線二	○	○	㨄時釧	瞤人絹	戀力卷	蕝子芮	縓七絹
			十七薛二	○	說失爇	○	熱如列	劣力輟		膬七絕

4韻			齒音						
聲			從一	心一	○	○	○	○	○
			從二	心二	邪	照二	穿二	牀二	審二
			在	塞	○	○	○	○	○
安攝	侈音	開口呼	二五寒	殘昨干	柵蘇干				
			二三旱	瓚藏旱	散蘇旱				
			二八翰	*巑徂贊	繖蘇旰				
			十二曷	巀才割	薩桑割				
		合口呼		徂	蘇	○	○	○	○	○
			二六桓	欑在丸	酸素官				
			二四緩	○	算蘇管				
			二九換	攢在玩	筭蘇貫				
			十三末	柮藏活	○				
	弇音	齊齒呼		疾	息	夕	側	測	崱	色
			二仙一	錢昨仙	仙相然	次夕連	○	○	○	瀍士連
			二八獮一	踐蘇演	獮息淺	繕徐翦	○	○	○	撰士免
			三二線一	賤才線	線私箭	羡似面	○	○	○	○
			十七薛一	○	薛私列	○	○	剟廁列	樧山列	*闑士列
		撮口呼		咀	胥	徐	阻	初	鋤	疏
			二仙二	全疾緣	宣須緣	旋似宣	恮莊緣	○	栓山員	○
			二八獮二	雋徂兗	選思兗	○	○	○	○	○
			三二線二	○	選思絹	淀辝戀	孨莊眷	○	籑所眷	*饌士戀
			十七薛二	絕情雪	雪相絕	蕝兹絕	茁側劣	○	啜所劣	○

5 韻 / 聲				唇 音			
				幫	滂	並	明
				非	敷	奉	微
				北	柏	白	墨
安攝	侈音	開口呼	二五寒	○			
			二三旱	○			
			二八翰	○			
			十二曷	○			
				補	普	蒲	模
		合口呼	二六桓	饡北潘	潘普官	槃薄官	瞞母官
			二四緩	粄博管	坢普伴	*伴薄滿	*滿莫伴
			二九換	*半博幔	判普半	叛薄半	縵莫半
			十三末	撥北末	鏺普活	跋蒲撥	末莫撥
	弇音	齊齒呼		陂	披	皮	眉
			二仙一	鞭卑連	篇芳連	便房連	綿武延
			二八獮一	辡方免	*鴘批免	辯符蹇	免亡辨
			三二線一	*變彼彥	騗匹戰	卞皮變	面彌箭
			十七薛一	驚并列	瞥芳滅	別皮列	滅亡列
		撮口呼		府	敷	扶	無
			二仙二	○	○	○	○
			二八獮二	褊方緬	○	*楩符善	緬彌兗
			三二線二	○	○	○	○
			十七薛二	○	○	○	○

附表　〈《廣韻》補譜〉之八／威攝

聲 韻				喉音	牙　音					
				影一	見一	溪一	○	曉一	匣一	疑一
				影二	見二	溪二	群	曉二	匣（于）	疑二
				噫	格	客	○	黑	劾	額
安攝	侈音	開口呼								
		合口呼		烏	姑	枯	○	呼	胡	吾
			十五灰	限烏恢	傀古攜	恢苦回	○	灰呼恢	回戶恢	鮠五灰
			十四賄	猥烏賄	○	頯口猥	○	賄呼罪	瘣胡罪	頠五罪
			十八隊	隈烏績	憒古對	塊苦對	○	誨荒內	潰胡隊	磑五對
	弇音	齊齒呼		衣	幾	豈	其	羲	圍	宜
		撮口呼		於	居	區	渠	虛	于	魚
			六脂半	○	龜居追	*歸丘追	*逵渠追	倠許維	帷洧悲	○
			五旨半	○	軌居洧	巋丘軌	郎暨軌	○	洧榮美	○
			六至半	○	媿俱位	喟丘愧	匱求位	豷許位	位于愧	○

2 聲 / 韻				舌　音						
				端	透	定	○	泥	○	○
				知	徹	澄	喻	娘	照三	穿三
				德	託	特	○	內	○	○
威攝	侈音	開口呼								
				都	土	徒	○	奴	○	○
		合口呼	十五灰	磓都回	鐓他回	頹杜回		捼乃回		
			十四賄	腿都罪	骽吐猥	錞徒猥		餒奴罪		
			十八隊	對都對	*退他內	隊徒隊		內奴對		
	弇音	齊齒呼		知	癡	池	夷	尼	之	叱
		撮口呼		豬	楮	除	余	女	諸	處
			六脂半	追陟佳	○	鎚直追	惟以追	○	錐職追	*推春佳
			五旨半	○	○	○	唯以水	○	○	○
			六至半	轛追萃	○	墜直類	遺以醉	○	○	出尺類

3韻				舌　音					齒　音	
			聲	○	○	○	○	○	精一	清一
				牀三	審三	禪	日	來	精二	清二
				○	○	○	○	勒	則	采
威攝	侈音	開口呼								
		合口呼		○	○	○	○	○	○	○
			十五灰					雷魯回	催臧回	崔倉回
			十四賄					礧落猥	摧子罪	皠七罪
			十八隊					纇盧對	晬子對	*倅七內
	弇音	齊齒呼		食	詩	時	兒	離	即	七
		撮口呼		紓	書	墅	如	呂	借	取
			六脂半	○	○	*誰視佳	蕤儒佳	漯力追	榱醉綏	○
			五旨半	○	水式軌	○	蕊如壘	壘力軌	濢遵誄	趡千水
			六至半	○	痹釋類	○	○	類力遂	醉將遂	翠七醉

4韻 聲	齒音						
從一 心一	從一	心一	○	○	○	○	○
	從二	心二	邪	照二	穿二	牀二	審二
在 塞	在	塞	○	○	○	○	○

攝	音	呼	韻							
威攝	侈音	開口呼								
		合口呼		徂	蘇	○	○	○	○	○
			十五灰	摧昨回	璀素回					
			十四賄	皋徂賄	○					
			十八隊	○	碎蘇內					
	弇音	齊齒呼		疾	息	夕	側	測	崱	色
		撮口呼		咀	胥	徐	阻	初	鋤	疏
			六脂半	○	綏息遺	○	○	○	○	衰所追
			五旨半	*嶉徂壘	○	○	○	○	○	○
			六至半	萃秦醉	邃雖遂	遂徐醉	○	縗楚愧	○	*帥所類

				脣音			
5 聲韻				幫	滂	並	明
				非	敷	奉	微
				北	柏	白	墨
威攝	侈音	開口呼					
		合口呼		補	普	蒲	模
			十五灰	桮布回	肧芳杯	裴薄回	枚莫回
			十四賄	○	○	琲蒲罪	浼武罪
			十八隊	背補妹	配滂佩	佩蒲昧	妹莫佩
	弇音	齊齒呼		陂	披	皮	眉
		撮口呼		府	敷	扶	無
			六脂半	悲府眉	丕敷悲	邳符悲	眉武悲
			五旨半	鄙方美	嚭匹鄙	否符鄙	美無鄙
			六至半	祕兵媚	濞匹備	備平祕	郿明祕

附表　〈《廣韻》補譜〉之九／臸攝

1 韻＼聲			喉音	牙			音		
			影一	見一	溪一	○	曉一	匣一	疑一
			影二	見二	溪二	群	曉二	匣（于）	疑二
			噫	格	客	○	黑	劾	額
臸攝	侈音	開口呼							
		二四痕	恩烏痕	根古痕	○		○	痕戶恩	垠五根
		二二很	○	頎古很	墾康很		○	很胡墾	○
		二七恨	饐烏恨	艮古恨	○		○	恨胡艮	鎧五恨
		附沒	○	○	○		○	麧下沒	○
	合口呼		烏	姑	枯	○	呼	胡	吾
		二三魂	昷烏渾	昆古渾	*坤苦昆		昏呼昆	魂戶昆	䫌牛昆
		二一混	穩烏本	緄古本	閫苦本	○	總虖本	混胡本	○
		二六慁	搵烏困	輥古困	困苦悶	○	惛呼悶	慁胡困	顐五困
		十一沒	領烏沒	骨古忽	窟苦骨		忽呼骨	搰戶骨	兀五忽
	弇音	齊齒呼	衣	幾	豈	其	義	囲	宜
		二一欣	殷於斤	斤舉欣	○	勤巨斤	欣許斤	○	䖐語斤
		十九隱	隱於謹	謹居隱	赾丘謹	近其謹	蠁休謹	○	听牛謹
		二四焮	㥯於靳	靳居焮	○	近其謹	焮香靳	○	*㹞吾靳
		九迄	○	訖居乞	乞去訖	起其迄	迄許訖	○	疙魚迄
	撮口呼		於	居	區	渠	虛	于	魚
		十八諄	*䛃於倫	均居勻	*囷去倫	○	○	筠為䛃	○
		十七準	○	○	緊丘尹	*窘渠殞	○	*殞于敏	○
		二二稕	○	*昀九峻	○	○	○	○	○
		六術	○	橘居聿	○	○	*颭許聿	颶于筆	○

2韻　聲			舌音						
			端	透	定	○	泥	○	○
			知	徹	澄	喻	娘	照三	穿三
			德	託	特	○	內	○	○
臸攝	侈音	開口呼	二四痕	○	吞吐根	○		○		
			二二很	○	○	○		○		
			二七恨	○	○	○		○		
			附沒	○	○	○		○		
		合口呼		都	土	徒	○	奴	○	○
			二三魂	敦都昆	暾他昆	屯徒渾		黁奴昆		
			二一混	短都管	疃他袞	囤徒損		㛷乃本		
			二六慁	鍛丁貫	○	鈍徒困		嫩奴困		
			十一沒	掇丁括	*宊他骨	突陀骨		*訥內骨		
	弇音	齊齒呼		知	癡	池	夷	尼	之	叱
			二一欣	○	○	○	○	○	○	○
			十九隱	○	○	○	○	○	○	○
			二四焮	○	○	○	○	○	○	○
			九迄	○	○	○	○	○	○	○
		撮口呼		豬	楮	除	余	女	諸	處
			十八諄	*鷻丁全	㪔丑緣	櫫直攣	匀羊倫	○	諄章倫	春昌脣
			十七準	轉陟兗	○	篆持兗	尹余準	○	準之尹	蠢尺尹
			二二稕	啭知戀	㪔丑戀	傳直戀	○	○	稕之閏	○
			六術	輟丑劣	黜丑悅	○	聿餘律	○	○	出赤律

3 韻				舌　音					齒　音	
聲				○	○	○	○	○	精一	清一
				牀三	審三	禪	日	來	精二	清二
				○	○	○	○	勒	則	采
品攝	侈音	開口呼	二四痕					○	○	○
			二二很					○	○	○
			二七恨					○	○	○
			附沒					○	○	○
		合口呼		○	○	○	○	盧	祖	麁
			二三魂					論盧昆	尊祖昆	村此尊
			二一混					怨盧本	*劅茲損	忖倉本
			二六慁					論盧困	焌子寸	寸倉困
			十一沒					*扐勒沒	卒臧沒	猝倉沒
	弇音	齊齒呼		食	詩	時	兒	離	即	七
			二一欣	○	○	○	○	○	○	○
			十九隱	○	○	○	○	○	○	○
			二四焮	○	○	○	○	○	○	○
			九迄	○	○	○	○	○	○	○
		撮口呼		紓	書	墅	如	呂	借	取
			十八諄	脣食倫	○	純常倫	犉如勻	淪力遄	遵將倫	逡七倫
			十七準	盾食尹	睯式允	○	蝡而允	輪力準	○	○
			二二稕	順食閏	舜舒閏	○	閏如順	○	儁子峻	○
			六術	○	○	○	○	律呂卹	卒子聿	焌倉聿

4 韻 　　聲				齒音						
				從一	心一	○	○	○	○	○
				從二	心二	邪	照二	穿二	牀二	審二
				在	塞	○	○	○	○	○
臸攝	佗音	開口呼	二四痕	○	○					
			二二很	○	○					
			二七恨	○	○					
			附沒	○	○					
		合口呼		徂	蘇	○	○	○	○	○
			二三魂	存徂尊	孫思渾					
			二一混	鱒才本	損蘇本					
			二六慁	鐏徂悶	巽蘇困					
			十一沒	捽昨沒	窣蘇骨					
	弇音	齊齒呼		疾	息	夕	側	測	崱	色
			二一欣	○	○	○	○	○	○	○
			十九隱	○	○	○	○	○	○	○
			二四焮	○	○	○	○	○	○	○
			九迄	○	○	○	○	○	○	○
		撮口呼		咀	胥	徐	阻	初	鋤	疏
			十八諄	*鶽昨旬	荀相倫	旬詳遵	○	○	○	○
			十七準	○	筍思尹	○	○	○	○	○
			二二稕	○	陵私閏	殉辭閏	○	○	○	○
			六術	崒慈卹	卹辛聿	○	崒側律	○	○	*率所律

5 韻 ＼ 聲				脣　　音			
				幫	滂	並	明
				非	敷	奉	微
				北	柏	白	墨
臻攝	侈音	開口呼	二四痕	○	○	○	○
			二二很	○	○	○	○
			二七恨	○	○	○	○
			附沒	○	○	○	○
		合口呼		補	普	蒲	模
			二三魂	奔博昆	濆普魂	盆蒲奔	門莫奔
			二一混	本布忖	栩普本	獖蒲本	懣模本
			二六圂	奔甫悶	噴普悶	坌蒲悶	悶莫困
			十一沒	○	馞普沒	勃蒲沒	沒莫勃
	弇音	齊齒呼		陂	披	皮	眉
			二一欣	○	○	○	○
			十九隱	○	○	○	○
			二四焮	○	○	○	○
			九迄	○	○	○	○
		撮口呼		府	敷	扶	無
			十八諄	彬府均	*份普均	*貧符均	*珉五均
			十七準	○	○	○	*愍眉殞
			二二稕	○	○	○	○
			六術	○	*筆鄙密	*弼房密	*密美筆

附表　〈《廣韻》補譜〉之十／衣攝

1 聲／韻			喉音	牙音					
			影一	見一	溪一	○	曉一	匣一	疑一
			影二	見二	溪二	群	曉二	匣（于）	疑二
			噫	格	客	○	黑	劾	額
衣攝 / 侈音	開口呼	十二齊一半	鷖烏奚	雞古奚	谿苦奚		忚呼雞	奚胡雞	猊五稽
		十一薺一半	○	○	啓康禮		○	*傒胡禮	○
		十二霽一半	医於計	計古詣	唭苦計		齂呼計	薂胡計	詣五計
			烏	姑	枯	○	呼	胡	吾
	合口呼	十二齊二半	○	䙘古攜	睽苦圭		○	睳戶圭	○
		十一薺二半	○	○	○		○	○	○
		十二霽二半	○	䙔古惠	○		嘒呼惠	慧胡桂	○
弇音			衣	幾	豈	其	義	圛	宜
	齊齒呼	六脂一半	伊於詣	飢居夷	○	鬐渠脂	咦喜夷	○	狋牛肌
		五旨一半	歆於几	几居履	○	跽暨几	○	○	○
		六至一半	懿乙冀	冀几利	*器去冀	臮其冀	齂虛器	○	劓魚器
			於	居	區	渠	虛	于	魚
	撮口呼	六脂二半	○	○	○	*葵渠追	○	○	○
		五旨二半	○	*癸居誄	○	揆求癸	瞡火癸	○	○
		六至二半	○	季居悸	*棄吉利	悸其季	姓香季	○	○

2韻 聲				舌 音							
				端	透	定	○	泥	○	○	
				知	徹	澄	喻	娘	照三	穿三	
				德	託	特	○	內	○	○	
衣攝	侈音	開口呼	十二齊一半	低都奚	梯土雞	嗁杜奚		泥奴低			
			十一薺一半	邸都禮	體他禮	弟徒禮		禰奴禮			
			十二霽一半	柢都計	替他計	第特計		*泥奴計			
				○	○	○		○			
		合口呼		都	土	徒	○	奴	○	○	
			十二齊二半								
			十一薺二半								
			十二霽二半								
	弇音	齊齒呼		知	癡	池	夷	尼	之	叱	
			六脂一半	胝丁尼	絺丑飢	墀直尼	姨以脂	尼女夷	脂旨夷	鴟處脂	
			五旨一半	黹豬几	黐楮几	雉直几	○	柅女履	旨職雉	○	
			六至一半	致陟利	屎丑利	緻直利	肄羊至	膩女利	至脂利	痓充自	
		撮口呼	六脂二半								
			五旨二半								
			六至二半								

3 韻 / 聲				舌　音					齒　音	
				○	○	○	○	○	精一	清一
				牀三	審三	禪	日	來	精二	清二
				○	○	○	○	勒	則	采
衣攝	侈音	開口呼	十二齊一半					黎郎奚	*齊祖雞	妻七稽
			十一薺一半					禮盧啓	濟子禮	泚千體
			十二霽一半					盭郎計	霽子計	砌七計
		合口呼		○	○	○	○	○	○	○
			十二齊二半							
			十一薺二半							
			十二霽二半							
	弇音	齊齒呼		食	詩	時	兒	離	即	七
			六脂一半	○	○	○	○	梨力脂	咨即夷	郪取私
			五旨一半	○	矢式視	*視承矢	○	履力几	姊將几	○
			六至一半	示神至	屍矢利	嗜常利	二而至	利力至	恣資四	次七四
		撮口呼		紓	書	墅	如	呂	借	取
			六脂二半	○	○	○	○	○	○	○
			五旨二半	○	○	○	○	○	○	○
			六至二半	○	○	○	○	○	○	○

4韻 / 聲	齒音						
	從一	心一	○	○	○	○	○
	從二	心二	邪	照二	穿二	牀二	審二
	在	塞	○	○	○	○	○
衣攝　侈音　開口呼　十二齊一半	齊徂奚	西先稽					
十一薺一半	薺徂禮	洗先禮					
十二霽一半	嚌在詣	細蘇計					
合口呼	徂	蘇	○	○	○	○	○
十二齊二半							
十一薺二半							
十二霽二半							
弇音　齊齒呼	疾	息	夕	側	測	崱	色
六脂一半	茨疾資	私息夷	○	○	○	○	師疏夷
五旨一半	○	死息姊	兕徐姊	○	○	○	○
六至一半	自疾二	四息利	○	○	○	○	○
撮口呼	咀	胥	徐	阻	初	鋤	疏
六脂二半	○	○	○	○	○	○	○
五旨二半	○	○	○	○	○	○	○
六至二半	○	○	○	○	○	○	○

5韻 聲				脣音			
				幫	滂	並	明
				非	敷	奉	微
				北	柏	白	墨
衣攝	侈音	開口呼	十二齊一半	幡邊分	*砒匹迷	膍部迷	迷莫西
			十一薺一半	玭補米	○	陛旁禮	米莫禮
			十二霽一半	○	媲匹詣	○	謎莫計
				補	普	蒲	模
		合口呼	十二齊二半				
			十一薺二半				
			十二霽二半				
	弇音	齊齒呼		陂	披	皮	眉
			六脂一半	○	紕匹夷	毗房脂	○
			五旨一半	匕卑履	○	牝扶履	○
			六至一半	痹必至	屁匹寐	鼻毗至	○
		撮口呼		府	敷	扶	無
			六脂二半				
			五旨二半				
			六至二半				

附表 〈《廣韻》補譜〉之十一／因攝

1 韻 ╲ 聲				喉音	牙音					
				影一	見一	溪一	○	曉一	匣一	疑一
				影二	見二	溪二	群	曉二	匣（于）	疑二
				噫	格	客	○	黑	劾	額
因攝	侈音	開口呼	一先一	煙烏前	堅古賢	牽苦堅		祆呼煙	賢胡田	妍五堅
因攝	侈音	開口呼	二七銑一	蝘於殄	繭古典	窒牽繭		顯呼典	峴胡典	齞妍峴
因攝	侈音	開口呼	三二霰一	宴於甸	見古電	俔苦甸		韅呼甸	見胡甸	硯吾甸
因攝	侈音	開口呼	十六屑一	噎烏結	結古屑	猰苦結		旮虎結	纈胡結	齧五結
因攝	侈音	合口呼		烏	姑	枯	○	呼	胡	吾
因攝	侈音	合口呼	二先二	淵烏玄	涓古玄	○		鋗火玄	玄胡涓	○
因攝	侈音	合口呼	二七銑二	○	く姑泫	犬苦泫		○	泫胡畎	○
因攝	侈音	合口呼	三二霰二	餶烏縣	睊古縣	○		絢許縣	*縣黃絢	○
因攝	侈音	合口呼	十六屑	抉於決	玦古穴	闋苦穴		血呼決	穴胡沒	○
因攝	弇音	齊齒呼		衣	幾	豈	其	義	囿	宜
因攝	弇音	齊齒呼	十九臻十七眞	因於眞	巾居銀	○	種巨巾	○	礥下珍	銀語巾
因攝	弇音	齊齒呼	十六軫（附隱）	○	緊居忍	*螼棄忍	○	*肹興腎	○	釿宜引
因攝	弇音	齊齒呼	二一震（附震）	印於刃	○	菣去刃	僅渠遴	衅許覲	○	憖魚覲
因攝	弇音	齊齒呼	五質七櫛	一於悉	吉居質	詰去吉	*姞巨一	欯許吉	○	○
因攝	弇音	撮口呼		於	居	區	渠	虛	于	魚
因攝	弇音	撮口呼	十七眞二	礥於巾	○	○	*趣渠人	○	○	○
因攝	弇音	撮口呼								
因攝	弇音	撮口呼								
因攝	弇音	撮口呼	五質二	*乙於畢	*暨居乙	○	○	*肸羲乙	○	耴魚乙

2韻 聲			舌　音						
			端	透	定	○	泥	○	○
			知	徹	澄	喻	娘	照三	穿三
			德	託	特	○	內	○	○
因攝	侈音	開口呼	一先一　顚都年	天他前	田徒年		秊奴顚		
			二七銑一　典多殄	腆他典	殄徒典		撚乃殄		
			三二霰一　殿都甸	瑱他甸	電堂練		晛奴甸		
			十六屑一　窒丁結	鐵他結	姪徒結		涅奴結		
		合口呼	都	土	徒	○	奴	○	○
			二先二						
			二七銑二						
			三二霰二						
			十六屑						
	弇音	齊齒呼	知	癡	池	夷	尼	之	叱
			十九臻十七眞　珍陟鄰	癡丑人	陳直珍	寅翼眞	紉女鄰	*眞章鄰	瞋昌眞
			十六軫(附隱)　*辰珍忍	辴丑忍	紖直引	引俞忍	○	軫章忍	○
			二一震(附震)　鎭陟刃	疢丑刃	敶直刃	胤羊晉	○	震章刃	○
			五質七櫛　窒陟栗	抶丑栗	秩直一	逸夷質	暱尼質	質之日	叱昌栗
		撮口呼	豬	楮	除	余	女	諸	處
			十七眞二　○	○	○	○	○	○	○
			五質二　○	耴魚乙	○	○	○	○	○

3韻			聲	舌　音					齒　音	
				○	○	○	○	○	精一	清一
				牀三	審三	禪	日	來	精二	清二
				○	○	○	○	勒	則	采
因攝	侈音	開口呼	一先一					蓮落賢	箋則前	千蒼先
			二七銑一					○	○	○
			三二霰一					練郎甸	薦作甸	蒨倉甸
			十六屑一					棃練結	節子結	切千結
		合口呼		○	○	○	○	盧	祖	麁
			二先二					○	○	○
			二七銑二					○	○	○
			三二霰二					○	○	○
			十六屑					○	○	○
	弇音	齊齒呼		食	詩	時	兒	離	即	七
			十九臻十七眞	神食鄰	申失人	辰植鄰	仁如鄰	獜力珍	津將鄰	親七人
			十六軫(附隱)	○	弞式忍	腎時忍	忍而軫	嶙良忍	儘即忍	笉七忍
			二一震(附震)	○	眒試刃	慎時刃	刃而振	遴良刃	晉即刃	親七遴
			五質七櫛	實神質	失式質	○	日人質	栗力質	聖資悉	七親吉
		撮口呼		紓	書	墅	如	呂	借	取
			十七眞二	○	○	○	○	○	○	○
			五質二	○	○	○	○	○	○	○

4韻 / 聲				齒音						
				從一	心一	○	○	○	○	○
				從二	心二	邪	照二	穿二	牀二	審二
				在	塞	○	○	○	○	○
因攝	侈音	開口呼	一先一	前昨先	先蘇前					
			二七銑一	○	銑先典					
			三二霰一	荐在旬	霰蘇佃					
			十六屑一	截昨結	屑先結					
		合口呼		徂	蘇	○	○	○	○	○
			二先二	○	○					
			二七銑二	○	○					
			三二霰二	○	○					
			十六屑	○	○					
	弇音	齊齒呼		疾	息	夕	側	測	崱	色
			十九臻十七眞	秦匠鄰	新息鄰	○	*臻側詵	○	*𪗪士臻	莘所臻
			十六軫(附隱)	盡慈忍	○	○	鏃仄謹	*齔初謹	*濜鉏紖	○
			二一震(附震)	○	信息晉	賮徐刃	○	櫬初覲	○	○
			五質七櫛	疾秦悉	悉息七	○	*櫛阻瑟	刻初栗	齜仕叱	*瑟所櫛
		撮口呼		咀	胥	徐	阻	初	鋤	疏
			十七眞二	○	○	○	○	○	○	○

5 韻 聲				脣音			
				幫	滂	並	明
				非	敷	奉	微
				北	柏	白	墨
因攝	侈音	開口呼	一先一	*邊布賢	○	編部田	眠莫賢
			二七銑一	編方典	○	*辮薄泫	摱彌殄
			三二霰一	○	片普麵	○	麵莫甸
			十六屑一	彆方結	擎普蔑	蹩蒲結	蔑莫結
		合口呼		補	普	蒲	模
			二先二	○	○	○	○
			二七銑二	○	○	○	○
			三二霰二	○	○	○	○
			十六屑	○	○	○	○
	弇音	齊齒呼		陂	披	皮	眉
			十九臻十七眞	賓必鄰	繽匹賓	頻符眞	民彌鄰
			十六軫（附隱）	○	○	牝毗忍	泯武盡
			二一震（附震）	儐必刃	汖撫刃	○	○
			五質七櫛	必畢吉	匹譬吉	邲毗必	蜜彌畢
		撮口呼		府	敷	扶	無
			十七眞二	○	○	○	○

附表　〈《廣韻》補譜〉之十二／烏攝

聲　韻	喉音	牙音					
	影一	見一	溪一	○	曉一	匣一	疑一
	影二	見二	溪二	群	曉二	匣（于）	疑二
	噫	格	客	○	黑	劾	額
烏攝　侈音　開口呼							
烏攝　侈音　合口呼	烏	姑	枯	○	呼	胡	吾
十一模	烏哀都	孤古胡	枯苦胡		呼荒烏	胡戶吳	吾五乎
十姥	隖安古	古公戶	苦康杜		虎呼古	戶侯古	五疑古
十一暮	汙烏路	顧古暮	絝苦故		謼荒故	護胡誤	誤五故
烏攝　弇音　齊齒呼	衣	幾	豈	其	義	圍	宜
烏攝　弇音　撮口呼	於	居	區	渠	虛	于	魚
九魚	於央居	居九魚	墟去魚	渠強魚	虛朽居	○	魚語居
八語	掜於許	舉居許	去羌舉	巨其呂	許虛呂	○	語魚巨
九御	飫依倨	據居御	*欴丘倨	遽其據	噓許御	○	御牛倨

2韻＼聲			舌　音						
			端	透	定	○	泥	○	○
			知	徹	澄	喻	娘	照三	穿三
			德	託	特	○	內	○	○
烏攝	侈音	開口呼							
		合口呼	都	土	徒	○	奴	○	○
			十一模　都當孤	玈他胡	徒同都		奴乃都		
			十姥　覩當古	土他魯	杜徒古		怒奴古		
			十一暮　妒當故	莵湯故	渡徒故		笯乃故		
	弇音	齊齒呼	知	癡	池	夷	尼	之	叱
		撮口呼	豬	楮	除	余	女	諸	處
			九魚　豬陟魚	攄丑居	除直魚	余以諸	衦女余	諸章魚	○
			八語　貯丁呂	楮丑呂	佇直呂	與余呂	女尼呂	渚章与	杵昌與
			九御　著陟慮	絮抽據	箸遟倨	豫羊洳	女尼據	薯章恕	處昌據

3 韻				舌　音					齒　音	
			聲	○	○	○	○	○	精一	清一
				牀三	審三	禪	日	來	精二	清二
				○	○	○	○	勒	則	采
烏攝	侈音	開口呼								
		合口呼		○	○	○	○	盧	祖	麤
			十一模					盧落胡	租則吾	麤倉胡
			十姥					魯郎古	祖則古	蔖采古
			十一暮					路洛古	作臧祚	厝倉故
	弇音	齊齒呼		食	詩	時	兒	離	即	七
		撮口呼		紓	書	墅	如	呂	借	取
			九魚	○	書傷魚	蜍署魚	如人諸	臚力居	且子魚	疽七余
			八語	紓神與	暑舒呂	*野丞與	汝人渚	呂力舉	苴子與	跛七與
			九御	○	恕商署	署常恕	洳人恕	慮良倨	怚將預	覷七慮

4韻 / 聲		齒音						
		從一	心一	○	○	○	○	○
		從二	心二	邪	照二	穿二	牀二	審二
		在	塞	○	○	○	○	○

烏攝	侈音	開口呼								
		合口呼		徂	蘇	○	○	○	○	○
			十一模	徂昨胡	蘇素姑					
			十姥	粗徂古	○					
			十一暮	祚昨誤	訴桑故					
	弇音	齊齒呼		疾	息	夕	側	測	崱	色
		撮口呼		咀	胥	除	阻	初	鋤	疏
			九魚	○	胥相居	徐似魚	菹側魚	初楚居	鉏士魚	*疏所菹
			八語	咀慈呂	諝私居	敘徐居	阻側呂	楚創舉	齟牀呂	所疏舉
			九御	○	絮息據	𣸣徐預	詛莊助	楚瘡據	助牀據	疏所去

5韻 聲			脣　音			
			幫	滂	並	明
			非	敷	奉	微
			北	柏	白	墨
烏攝	侈音	開口呼				
		合口呼	補	普	蒲	模
		十一模	逋博孤	䵋普胡	酺薄胡	模莫胡
		十姥	補博古	*普滂古	薄裴古	姥莫補
		十一暮	布博故	怖普故	捕薄故	暮莫故
	弇音	齊齒呼	陂	披	皮	眉
		撮口呼	府	敷	扶	無
		九魚	○	○	○	○
		八語	○	○	○	○
		九御	○	○	○	○

附表　《《廣韻》補譜》之十三／鴦（央）攝

1 韻 ＼ 聲			喉音	牙　　音					
			影一	見一	溪一	○	曉一	匣一	疑一
			影二	見二	溪二	群	曉二	匣（于）	疑二
			噫	格	客	○	黑	劾	額
鴦攝	侈音 開口呼	十一唐一							
		三七蕩一							
		四二宕一							
		一九鐸一							
	侈音 合口呼		烏	姑	枯	○	呼	胡	吾
		十一唐二	汪烏光	光古黃	骺苦光		荒呼光	黃胡光	○
		三七蕩二	汪烏晃	廣古晃	懬丘晃		慌呼晃	晃胡廣	○
		四二宕二	*汪烏曠	桄古曠	*曠苦謗		○	攩胡曠	○
		一九鐸二	艧烏郭	*郭古廓	廓苦郭		霍盧郭	穫胡郭	瓁五郭
	弇音 齊齒呼		衣	幾	豈	其	義	囲	宜
		十陽一	央於良	薑居良	羌去羊	強巨良	香許良	○	○
		三六養一	鞅於兩	繦居兩	○	勥其兩	響許兩	○	仰魚兩
		四一漾一	怏於亮	彊居亮	唴丘亮	強其亮	向許亮	○	軐魚向
		一八藥	約於畧	腳居勺	卻去約	噱其虐	○	○	虐魚約
	弇音 撮口呼		於	居	區	渠	虛	于	魚
		十陽二	○	○	匡去王	狂巨王	○	*王雨匡	○
		三六養二	*枉紆往	獷居往	○	俇求往	*怳許往	*往于兩	○
		四一漾二	○	誑居況	○	*狂渠放	*況許訪	*迋于放	○
		一八藥二	*矆憂縛	戄居縛	*躩丘縛	懼其籰	*矆許縛	*籰王縛	○

2 韻　聲			舌　音						
			端	透	定	○	泥	○	○
			知	徹	澄	喻	娘	照三	穿三
			德	託	特	○	內	○	○
鴦攝	侈音	開口呼							
		十一唐一	當都郎	湯吐郎	唐徒郎		囊奴當		
		三七蕩一	黨多朗	曭他朗	蕩徒朗		曩奴朗		
		四二宕一	譡丁浪	儻他浪	宕徒浪		儴奴浪		
		一九鐸一	○	託他各	鐸徒落		諾奴各		
			都	土	徒	○	奴	○	○
		合口呼							
		十一唐二	○	○	○		○		
		三七蕩二	○	○	○		○		
		四二宕二	○	○	○		○		
		一九鐸二	○	○	○		○		
	弇音	齊齒呼	知	癡	池	夷	尼	之	叱
		十陽一	張陟良	萇褚羊	長直良	陽與章	孃女良	章諸良	昌尺良
		三六養一	長知丈	昶丑兩	丈直兩	養餘兩	○	掌諸兩	敞昌兩
		四一漾一	帳知亮	悵丑亮	仗直亮	漾餘亮	釀女亮	障之亮	唱尺亮
		一八藥	芍張略	皅丑略	著直略	藥以灼	逽女略	灼之若	綽昌約
		撮口呼	豬	楮	除	余	女	諸	處
		十陽二	○	○	○	○	○	○	○
		三六養二	○	○	○	○	○	○	○
		四一漾二	○	○	○	○	○	○	○
		一八藥二	○	○	○	○	○	○	○

3韻 / 聲				舌　　音					齒　　音	
				○	○	○	○	○	精一	清一
				牀三	審三	禪	日	來	精二	清二
				○	○	○	○	勒	則	采
鴬攝	侈音	開口呼	十一唐一					郎魯當	臧則郎	倉七岡
			三七蕩一					朗盧朗	駔子朗	蒼麁朗
			四二宕一					浪來宕	葬則浪	○
			一九鐸一					落盧各	作則落	錯倉各
				○	○	○	○	盧	祖	麁
		合口呼	十一唐二					○	○	○
			三七蕩二					○	○	○
			四二宕二					○	○	○
			一九鐸二					○	○	○
	弇音	齊齒呼		食	詩	時	兒	離	即	七
			十陽一	○	商式羊	常市羊	穰汝陽	良呂張	將即良	鏘七羊
			三六養一	○	賞書兩	上時掌	壤如兩	兩良獎	獎子亮	搶七兩
			四一漾一	○	餉式亮	尚時亮	讓人樣	亮力讓	醬子亮	*蹡七亮
			一八藥	○	爍書藥	妁市若	若而灼	略離灼	爵即略	鵲七雀
		撮口呼		紓	書	墅	如	呂	借	取
			十陽二	○	○	○	○	○	○	○
			三六養二	○	○	○	○	○	○	○
			四一漾二	○	○	○	○	○	○	○
			一八藥二	○	○	○	○	○	○	○

4 韻 聲				齒音						
				從一	心一	○	○	○	○	○
				從二	心二	邪	照二	穿二	牀二	審二
				在	塞	○	○	○	○	○
噏攝	侈音	開口呼	十一唐一	藏昨郎	桑息郎					
			三七蕩一	奘徂朗	顙蘇朗					
			四二宕一	藏徂浪	喪蘇浪					
			一九鐸一	昨在各	索蘇各					
				○	○	○	○	○	○	○
		合口呼	十一唐二	○	○					
			三七蕩二	○	○					
			四二宕二	○	○					
			一九鐸二	○	○					
	弇音	齊齒呼		疾	息	夕	側	測	崱	色
			十陽一	牆在良	襄息良	詳似羊	莊側羊	創初良	牀士莊	霜色莊
			三六養一	○	想息兩	像徐兩	○	磢初兩	○	爽疏兩
			四一漾一	匠疾亮	相息亮	○	壯側亮	刱初亮	狀鋤亮	○
			一八藥	皭在爵	削息約	○	○	○	○	○
		撮口呼		咀	胥	除	阻	初	鋤	疏
			十陽二	○	○	○	○	○	○	○
			三六養二	○	○	○	○	○	○	○
			四一漾二	○	○	○	○	○	○	○
			一八藥二	○	○	○	○	○	○	○

5 韻 \ 聲				唇　音			
				幫	滂	並	明
				非	敷	奉	微
				北	柏	白	墨
齊攝	侈音	開口呼	十一唐一	幫博旁	滂普郎	*傍步光	茫莫郎
			三七蕩一	榜北朗	髈匹朗	○	莽莫朗
			四二宕一	*螃補曠	○	*傍蒲浪	漭莫浪
			一九鐸一	博補各	顈匹各	泊傍各	莫慕各
				補	普	蒲	模
		合口呼	十一唐二	○	○	○	○
			三七蕩二	○	○	○	○
			四二宕二	○	○	○	○
			一九鐸二	○	○	○	○
	弇音	齊齒呼		陂	披	皮	眉
			十陽一	方府良	芳敷方	房符方	亡武方
			三六養一	昉分网	髣妃兩	*髈毗養	*网文兩
			四一漾一	放甫妄	訪敷亮	*防符況	妄巫放
			一八藥	○	薄孚縛	*縛縛钁	○
		撮口呼		府	敷	扶	無
			十陽二	○	○	○	○
			三六養二	○	○	○	○
			四一漾二	○	○	○	○
			一八藥二	○	○	○	○

附表　〈《廣韻》補譜〉之十四／謳攝

聲＼韻			喉音	牙音					
			影一	見一	溪一	○	曉一	匣一	疑一
			影二	見二	溪二	群	曉二	匣（于）	疑二
			噫	格	客	○	黑	劾	額
謳攝	侈音	開口呼 十九侯	謳烏侯	鉤古侯	彄恪侯		齁呼侯	侯戶鉤	齵五婁
		四五厚	歐烏后	苟古厚	口苦后		吼呼后	厚胡口	藕五口
		五十候	漚烏侯	遘古候	寇苦候		蔻呼漏	候胡遘	偶五遘
		合口呼	烏	姑	枯	○	呼	胡	吾
	弇音	齊齒呼	衣	幾	豈	其	義	囿	宜
		十虞	紆憶俱	拘舉朱	區豈俱	衢其俱	訏況于	于羽俱	虞遇俱
		九麌	傴於武	矩俱雨	齲驅雨	窶其矩	詡況羽	羽王矩	麌虞矩
		十遇	嫗衣遇	屨九遇	驅區遇	懼其遇	昫香句	芋王遇	遇牛具
		撮口呼	於	居	區	渠	虛	于	魚

2 韻 / 聲			舌　音						
			端	透	定	○	泥	○	○
			知	徹	澄	喻	娘	照三	穿三
			德	託	特	○	內	○	○
謳攝	侈音	開口呼 十九侯	兜當侯	偷託侯	頭度侯		羺奴鉤		
		四五厚	斗當口	麩天口	瘄徒口		穀乃后		
		五十候	鬥都豆	透他候	豆田候		槈奴豆		
		合口呼	都	土	徒	○	奴	○	○
	弇音	齊齒呼	知	癡	池	夷	尼	之	叱
		十虞	株陟輸	貙敕俱	廚直誅	逾羊朱	○	朱章俱	樞昌朱
		九麌	拄知庾	○	柱直主	庾以主	○	主之庾	○
		十遇	註中句	閏丑注	住持遇	裕羊戍	○	注之戍	○
		撮口呼	豬	楮	除	余	女	諸	處

3 韻 / 聲			舌　音					齒　音	
			○	○	○	○	○	精一	清一
			牀三	審三	禪	日	來	精二	清二
			○	○	○	○	勒	則	采
謳攝	侈音	開口呼	十九侯					樓落侯	纙子侯	誰千侯
			四五厚					塿郎斗	走子苟	趣倉苟
			五十候					陋盧候	奏則候	輳奏倉
		合口呼		○	○	○	○	盧	祖	麁
	弇音	齊齒呼		食	詩	時	兒	離	即	七
			十虞	○	輸式朱	殊市朱	儒人朱	慺力朱	諏子于	趨七逾
			九麌	○	○	豎臣庚	乳而主	縷力主	○	取七庚
			十遇	○	戍傷遇	樹常句	孺而遇	屢良遇	緅子句	娶七句
		撮口呼								

4 韻 ＼ 聲			齒　　音						
			從一	心一	○	○	○	○	○
			從二	心二	邪	照二	穿二	牀二	審二
			在	塞	○	○	○	○	○
侈音	開口呼	十九侯	*剫祖鉤	涑速侯					
		四五厚	*䉵在垢	叟蘇后					
		五十候	剫才奏	漱蘇奏					
	合口呼								
噅攝			疾	息	夕	側	測	崱	色
	齊齒呼	十虞	○	須相俞	○	傝莊俱	*䅿測隅	耝仕于	*榹山芻
		九麌	聚慈庾	顉相庾	○	○	○	狔齟禹	數所矩
		十遇	堅才句	赺思句	○	○	蔲齟注	○	揀色句
弇音									
			咀	胥	除	阻	初	鋤	疏
	撮口呼								

5韻				脣　音			
			聲	幫	滂	並	明
				非	敷	奉	微
				北	柏	白	墨
謳攝	侈音	開口呼	十九侯	○	○	裒薄侯	呣亡侯
			四五厚	捊方垢	剖普后	部蒲口	母莫厚
			五十候	○	*仆匹候	踣蒲候	茂莫候
		合口呼					
	弇音	齊齒呼		陂	披	皮	眉
			十虞	跗甫無	敷芳無	扶防無	無武夫
			九麌	甫方矩	*撫芳武	父扶雨	武文甫
			十遇	付方遇	赴芳遇	*附符遇	務亡遇
		撮口呼					

附表 〈《廣韻》補譜〉之十五／邕攝

				喉音			牙	音		
1 韻			聲	影一	見一	溪一	○	曉一	匣一	疑一
				影二	見二	溪二	群	曉二	匣（于）	疑二
				噫	格	客	○	黑	劾	額
邕攝	侈音	開口呼	一東一	翁烏紅	公古紅	空苦紅		洪呼東	洪戶公	峒五東
			一董一	蓊烏孔	○	孔康董		嗊呼孔	澒胡孔	○
			一送一	瓮烏貢	貢古送	控苦貢		烘呼貢	哄胡貢	○
			一屋一	屋烏谷	穀古祿	哭空谷		縠呼木	縠胡谷	○
				烏	姑	枯	○	呼	胡	吾
		合口呼								
	弇音	齊齒呼		衣	幾	豈	其	義	囷	宜
			三鍾	邕於容	*恭九容	*銎曲恭	蛩渠容	胷許容	○	顒魚容
			二腫	擁於隴	拱居悚	恐丘隴	鞏渠隴	洶許拱	○	○
			三用	雍於用	供居用	恐區用	共渠用	○	○	○
			三燭	○	輂居玉	曲丘玉	局渠玉	旭許玉	○	玉魚欲
				於	居	區	渠	虛	于	魚
		撮口呼								

				舌　音						
2韻			聲	端	透	定	○	泥	○	○
				知	徹	澄	喻	娘	照三	穿三
				德	託	特	○	內	○	○
邕攝	侈音	開口呼	一東一	東德紅	通他紅	同徒紅		○		
			一董一	董多動	侗他孔	動徒揔		穠奴動		
			一送一	涷多貢	痛他貢	洞徒弄		齈奴涷		
			一屋一	穀多木	禿他谷	獨徒谷		○		
				都	土	徒	○	奴	○	○
		合口呼								
	弇音			知	癡	池	夷	尼	之	叱
		齊齒呼	三鍾	○	蹱丑凶	重直容	容餘封	醲女容	鍾職容	衝尺容
			二腫	冢知隴	寵丑隴	重直隴	勇余隴	○	腫之隴	雠充隴
			三用	湩竹貢	蹱丑用	重柱用	用余頌		種之用	○
			三燭	瘃陟玉	楝丑玉	躅直録	欲余蜀		燭之欲	觸尺玉
				豬	楮	除	余	女	諸	處
		撮口呼								

3韻			舌　　音					齒　音	
		聲	○	○	○	○	○	精一	清一
			牀三	審三	禪	日	來	精二	清二
			○	○	○	○	勒	則	采
侈音	開口呼	一束一					籠盧紅	蕟子紅	忽倉紅
		一董一					曨力董	總作孔	○
		一送一					弄盧貢	㯠作弄	謥千弄
		一屋一					禄盧谷	鏃作木	瘯千木
	合口呼		○	○	○	○	盧	祖	蔖
邕攝	弇音		食	詩	時	兒	離	即	七
	齊齒呼	三鍾	○	春書容	鱅蜀庸	茸而容	龍力鍾	*縱即容	*樅七恭
		二腫	○	*慫矢勇	尰時冗	宂而隴	隴力踵	㮇子塚	○
		三用	○	○	○	鞋而用	曨良用	縱子用	○
		三燭	贖神蜀	束書玉	蜀市玉	辱而蜀	録力玉	足即玉	促七玉
	撮口呼								

4 韻 聲				齒　音						
				從一	心一	○	○	○	○	○
				從二	心二	邪	照二	穿二	牀二	審二
				在	塞	○	○	○	○	○
邕攝	侈音	開口呼	一東一	叢徂紅	檧蘇公					
			一董一	○	敠先孔					
			一送一	瞉徂送	送蘇弄					
			一屋一	族昨木	速桑谷					
		合口呼								
	弇音	齊齒呼		疾	息	夕	側	測	崱	色
			三鍾	從疾容	*蜙息恭	松祥容	○	○	○	○
			二腫	○	悚息拱	○	○	○	○	○
			三用	從疾用	○	頌似用	○	○	○	○
			三燭	○	粟相玉	續似足	○	○	○	○
		撮口呼								

5 韻 聲				脣　音			
				幫	滂	並	明
				非	敷	奉	微
				北	柏	白	墨
邑攝	侈音	開口呼	一東一	○	○	蓬薄紅	蒙莫紅
			一董一	琒邊孔	○	菶蒲蠓	蠓莫孔
			一送一	○	○	○	幏莫弄
			一屋一	卜博木	扑普木	暴蒲木	木莫卜
		合口呼					
	弇音	齊齒呼		陂	披	皮	眉
			三鍾	封府容	峯敷容	逢符容	○
			二腫	覂方勇	捧敷奉	奉扶隴	○
			三用	*葑方用	○	俸扶用	○
			三燭	轐封曲	○	幞房玉	○
		撮口呼					

附表 〈《廣韻》補譜〉之十六／幽攝

				喉音	牙　音					
1韻			聲	影一	見一	溪一	○	曉一	匣一	疑一
				影二	見二	溪二	群	曉二	匣（于）	疑二
				噫	格	客	○	黑	劾	額
幽攝	侈音	開口呼	三蕭	幺於堯	驍古堯	鄡苦幺		膮許幺	○	堯五聊
			二九篠	杳烏皎	皎古了	磽苦皎		鐃馨皛	皛胡了	○
			三四嘯	窔烏叫	叫古弔	竅苦弔		歕火弔	○	顤五弔
				烏	姑	枯	○	呼	胡	吾
		合口呼								
	弇音	齊齒呼		衣	幾	豈	其	義	囿	宜
			十八尤	憂於求	鳩居求	丘去鳩	裘巨鳩	休許尤	尤羽求	牛語求
			四四有	颱於柳	久舉有	糗去久	舅其九	朽許久	有云久	○
			四九宥	○	救居祐	齅丘救	舊巨救	齅許救	宥于救	齅牛救
				於	居	區	渠	虛	于	魚
		撮口呼								

2韻 / 聲				舌　音						
				端	透	定	○	泥	○	○
				知	徹	澄	喻	娘	照三	穿三
				德	託	特	○	內	○	○
幽攝	侈音	開口呼	三蕭	貂都聊	桃吐彫	迢徒聊		○		
			二九篠	鳥都了	朓土了	窕徒了		嬲奴鳥		
			三四嘯	弔多嘯	糶他弔	藋徒弔		尿奴弔		
				都	土	徒	○	奴	○	○
		合口呼								
	弇音			知	癡	池	夷	尼	之	叱
		齊齒呼	十八尤	輈張流	抽丑鳩	儔直由	猷以周	○	周職流	犨赤周
			四四有	肘陟柳	丑敕久	紂除柳	酉與久	狃女久	帚之九	醜昌九
			四九宥	晝陟救	畜丑救	冑直祐	*狖余救	糅女救	呪職救	臭尺救
				豬	楮	除	余	女	諸	處
		撮口呼								

3 韻 / 聲				舌 音					齒 音	
				○	○	○	○	○	精一	清一
				牀三	審三	禪	日	來	精二	清二
				○	○	○	○	勒	則	采
幽攝	侈音	開口呼	三簫					聊洛蕭	○	○
			二九篠					了盧鳥	湫子了	○
			三四嘯					顤力弔	○	○
		合口呼		○	○	○	○	盧	祖	龕
				食	詩	時	兒	離	即	七
	弇音	齊齒呼	十八尤	○	收市州	讎市流	柔耳由	劉力求	遒即由	秋七由
			四四有	○	首書九	受殖酉	蹂人久	柳力久	酒子酉	○
			四九宥	○	狩舒救	授承呪	輮人又	溜力救	僦即就	趙七溜
		撮口呼								

4韻　聲				齒　音						
				從一	心一	○	○	○	○	○
				從二	心二	邪	照二	穿二	牀二	審二
				在	塞	○	○	○	○	○
幽攝	侈音	開口呼	三簫	○	蕭蘇彫					
			二九篠	○	篠先鳥					
			三四嘯	○	嘯蘇弔					
		合口呼								
	弇音			疾	息	夕	側	測	崱	色
		齊齒呼	十八尤	酋自由	脩息流	囚似由	鄒側鳩	搊楚鳩	愁士尤	搜所鳩
			四四有	湫在九	滫息有	○	掫側九	鞦初九	𥯤士九	溲疏有
			四九宥	就疾僦	秀息救	岫似祐	皺側救	簉初救	驟鋤祐	瘦所祐
		撮口呼								

5韻 \ 聲			脣 音			
			幫 非 北	滂 敷 柏	並 奉 白	明 微 墨
噫攝	侈音	開口呼				
		合口呼	補	普	蒲	模
	弇音	齊齒呼	陂	披	皮	眉
		撮口呼	府	敷	扶	無

附表　〈《廣韻》補譜〉之十七／宮攝

1 韻 ＼ 聲				喉音	牙　音					
				影一	見一	溪一	○	曉一	匣一	疑一
				影二	見二	溪二	群	曉二	匣（于）	疑二
				噫	格	客	○	黑	劾	額
宮攝	侈音	開口呼								
				烏	姑	枯	○	呼	胡	吾
		合口呼	二冬	○	攻古冬	○		○	碽戶冬	○
			二腫附	○	○	○		○	○	○
			二宋	○	○	○		○	*碽乎宋	○
			二沃	沃烏酷	梏古沃	酷苦沃		熇火酷	鵠胡沃	䃥五沃
	弇音	齊齒呼		衣	幾	豈	其	義	圍	宜
		撮口呼		於	居	區	渠	虛	于	魚
			一東二	○	弓居戎	穹去宮	窮渠弓	○	雄羽弓	○
			一送二	○	○	焢去仲	○	趨香仲	○	○
			一屋二	郁於六	菊居六	麴驅菊	䊷渠竹	蓄許竹	囿于六	砡魚菊

2韻聲			舌　　　音						
			端	透	定	○	泥	○	○
			知	徹	澄	喻	娘	照三	穿三
			德	託	特	○	內	○	○
宮攝	侈音	開口呼							
		合口呼	都	土	徒	○	奴	○	○
		二冬	冬都宗	炵他冬	彤徒冬				
		二腫附	*湩都鶇	○	○				
		二宋	○	統他綜	○				
		二沃	篤冬毒	○	毒徒沃				
	弇音	齊齒呼	知	癡	池	夷	尼	之	叱
		撮口呼	豬	楮	除	余	女	諸	處
		一東二	中陟弓	忡敕中	蟲直弓	融以戎	○	終職戎	充昌終
		一送二	中陟仲	○	仲敕中	○	○	眾之仲	銃充仲
		一屋二	竹張六	蓄丑六	逐直六	育余六	朒女六	粥之六	俶昌六

3 韻			聲	舌 音					齒 音	
				○	○	○	○	○	精一	清一
				牀三	審三	禪	日	來	精二	清二
				○	○	○	○	勒	則	采
宮攝	佟音	開口呼								
		合口呼		○	○	○	○	盧	祖	龕
			二多					醤力多	宗作多	○
			二腫附					○	○	○
			二宋					○	綜子宋	○
			二沃					濼盧毒	儭將毒	○
	弇音	齊齒呼		食	詩	時	兒	離	即	七
		撮口呼		紓	書	墅	如	呂	借	取
			一東二	○	○	○	戎如融	隆力中	○	○
			一送二	○	○	○	○	○	○	趙千仲
			一屋二	○	叔式竹	熟殊六	肉如六	六力竹	麋子六	蹙七宿

				齒音						
4 聲韻				從一	心一	○	○	○	○	○
				從二	心二	邪	照二	穿二	牀二	審二
				在	塞	○	○	○	○	○
宮攝	佽音	開口呼								
		合口呼		徂	蘇	○	○	○	○	○
			二冬	賨藏宗	鬆私宗					
			二腫附	○	○					
			二宋	○	宋蘇統					
			二沃	○	濺先篤					
	弇音	齊齒呼		疾	息	夕	側	測	崱	色
		撮口呼		咀	胥	除	阻	初	鋤	疏
			一東二	○	嵩息弓	○	○	○	*崇鋤弓	○
			一送二	○	○	○	○	○	剒仕仲	○
			一屋二	歜才六	肅息逐	○	縬側六	珿初六	○	縮所六

5 韻 ＼ 聲				脣　音			
				幫	滂	並	明
				非	敷	奉	微
				北	柏	白	墨
宮攝	侈音	開口呼					
				補	普	蒲	模
		合口呼	二冬	○	○	○	○
			二腫附	○	○	○	鶓莫湩
			二宋	○	○	○	雺莫綜
			二沃		○	僕蒲沃	瑁莫沃
	弇音	齊齒呼		陂	披	皮	眉
		撮口呼		府	敷	扶	無
			一東二	風方戎	*豐敷戎	馮房戎	瞢莫中
			一送二	諷方鳳	䫆撫鳳	*鳳馮仲	䳍莫鳳
			一屋二	福方六	蝮芳福	伏房六	目莫六

附表　〈《廣韻》補譜〉之十八／夭攝

1聲韻				喉音	牙音					
				影一	見一	溪一	○	曉一	匣一	疑一
				影二	見二	溪二	群	曉二	匣（于）	疑二
				噫	格	客	○	黑	劾	額
夭攝	侈音	開口呼	六豪	懊於刀	高古勞	尻苦刀		蒿呼毛	豪胡刀	敖五勞
			三二皓	襖烏皓	杲古老	考苦浩		好呼皓	皓胡老	頏五老
			三七號	奧烏到	誥古到	鎬苦到		耗呼到	號胡到	傲五到
		合口呼		烏	姑	枯	○	呼	胡	吾
	弇音	齊齒呼		衣	幾	豈	其	義	圉	宜
			四宵一	要於宵	○	蹻去遥	翹渠遥	○	○	○
			三十小	夭於兆	矯居夭	○	喬巨夭	○	○	○
			三五笑	要於笑	○	趬丘召	嶠渠廟	○	○	虓牛召
		撮口呼		於	居	區	渠	虛	于	魚
			四宵二	妖於喬	驕舉喬	趫起趫	喬巨嬌	囂許嬌	鴞于嬌	○

2 韻 ＼ 聲	舌　音						
	端	透	定	○	泥	○	○
	知	徹	澄	喻	娘	照三	穿三
	德	託	特	○	內	○	○
夭攝 侈音 開口呼 六豪	刀 都牢	饕 土刀	陶 徒刀		猱 奴刀		
三二皓	倒 都皓	討 他浩	道 徒皓		堖 奴皓		
三七號	到 都導	○	導 徒到		腝 那到		
	都	土	徒	○	奴	○	○
合口呼							
	知	癡	池	夷	尼	之	叱
弇音 齊齒呼 四宵一	朝 陟遙	超 敕宵	鼂 直遙	遙 餘昭	○	昭 止遙	怊 尺招
三十小	○	麨 丑小	肇 治小	鷕 以沼	○	沼 之少	麵 尺沼
三五笑	○	朓 丑召	召 直照	耀 弋照	○	照 之少	○
	豬	楮	除	余	女	諸	處
撮口呼 四宵二							

				舌　音					齒　音	
3韻　聲				○	○	○	○	○	精一	清一
				牀三	審三	禪	日	來	精二	清二
				○	○	○	○	勒	則	采
天攝	侈音	開口呼	六豪					勞魯刀	糟作曹	操七刀
			三二皓					老盧晧	早子晧	草采老
			三七號					嫪郎到	竈則到	操七到
		合口呼		○	○	○	○	盧	祖	簬
	弇音	齊齒呼		食	詩	時	兒	離	即	七
			四宵一	○	燒式招	韶市昭	饒如招	燎力昭	焦即消	鍫七遥
			三十小	○	少書沼	紹市沼	擾而沼	繚力小	勦子小	悄親小
			三五笑	○	少失照	邵寔照	*饒人要	寮力照	醮子肖	陗七肖
		撮口呼		紓	書	墅	如	呂	借	取
			四宵二	○	○	○	○	○	○	○

4 韻 · 聲 · 韻			齒　音						
			從一	心一	○	○	○	○	○
			從二	心二	邪	照二	穿二	牀二	審二
			在	塞	○	○	○	○	○
天攝	侈音 開口呼	六豪	曹昨勞	騷蘇遭					
		三二皓	阜昨早	嫂蘇老					
		三七號	漕在到	喿蘇到					
	合口呼		徂	蘇	○	○	○	○	○
	弇音 齊齒呼		疾	息	夕	側	測	崱	色
		四宵一	樵昨焦	肖相邀	○	○	○	○	○
		三十小	○	小私兆	○	○	○	○	○
		三五笑	噍才笑	笑私妙	○	○	○	○	○
	撮口呼		咀	胥	除	阻	初	鋤	疏
		四宵二	○	○	○	○	○	○	○

5韻 / 聲			脣音			
			幫 / 非 / 北	滂 / 敷 / 柏	並 / 奉 / 白	明 / 微 / 墨
夭攝	侈音	開口呼				
		六豪	襃博毛	橐普袍	袍薄襃	毛莫袍
		三二皓	寶博抱	○	抱薄浩	蓩武道
		三七號	報博耗	○	暴博報	冒莫報
		合口呼	補	普	蒲	模
	弇音	齊齒呼	陂	披	皮	眉
		四宵一	*飆甫遥	嫖撫招	瓢符霄	*蜱彌遥
		三十小	*表陂矯	縹敷沼	*標符少	眇亡沼
		三五笑	裱方廟	剽匹妙	驃毗召	*妙彌笑
		撮口呼	府	敷	扶	無
		四宵二	○	○	○	○

附表　〈《廣韻》補譜〉之十九／音攝

			喉音	牙　音					
1韻　聲			影一	見一	溪一	○	曉一	匣一	疑一
			影二	見二	溪二	群	曉二	匣（于）	疑二
			噫	格	客	○	黑	劾	額
音攝	侈音	開口呼	二二覃	諳烏含	弇古南	龕口含		嵅火含	含胡男	儑五含
			四八感	晻烏感	感古禫	坎苦感		顲呼唵	頷胡感	顉五感
			五三勘	暗烏紺	紺古暗	勘苦紺		顑呼紺	憾胡紺	儑五紺
			二七合	姶烏合	閤古沓	溘口荅		欱呼合	合侯閤	顎五合
		合口呼		烏	姑	枯	○	呼	胡	吾
	弇音	齊齒呼		衣	幾	豈	其	義	囷	宜
			二一侵一	音於今	金居吟	欽去金	琴巨金	歆許金	○	吟魚金
			四七寢一	䕡於錦	錦居飲	坅丘甚	噤渠飲	廞許錦	○	傑牛錦
			五二沁	蔭於禁	禁居蔭	○	妗巨禁	○	䫴于禁	吟宜禁
			二六緝一	揖伊入	急居立	泣去急	及其立	吸許及	煜為立	岌魚及
		撮口呼		於	居	區	渠	虛	于	魚
			二一侵二	*愔挹淫	○	○	○	○	○	○
			四七寢二	○	○	願欽錦	○	○	○	○
			二六緝一	*邑於汲	○	○	○	○	○	○

2 韻 聲				舌　音						
				端	透	定	○	泥	○	○
				知	徹	澄	喻	娘	照三	穿三
				德	託	特	○	內	○	○
音攝	侈音	開口呼	二二覃	耽丁含	探他含	覃徒含		南那含		
			四八感	黕都感	襑他感	禫徒感		腩奴感		
			五三勘	馾丁紺	僋他紺	醰徒紺		妠奴紺		
			二七合	答都合	錔他合	沓徒合		納奴荅		
		合口呼		都	土	徒	○	奴	○	○
	弇音	齊齒呼		知	癡	池	夷	尼	之	叱
			二一侵一	碪知林	琛丑林	沈直深	淫餘金	誑女心	斟職深	覦充針
			四七寢一	戡張甚	踸丑甚	朕直稔	潭以荏	稟尼稟	枕章荏	瀋昌枕
			五二沁	揕知鴆	*闖丑禁	鴆直禁	○	賃乃禁	枕之任	○
			二六緝一	縶陟立	*湁丑入	蟄直立	熠羊入	㺜尼立	執之入	䐁昌汁
		撮口呼		豬	楮	除	余	女	諸	處
			二一侵二	○	○	○	○	○	○	○
			四七寢二	○	○	○	○	○	○	○
			六緝一	○	○	○	○	○	○	○

3 韻				舌　音					齒　音	
			聲	○	○	○	○	○	精一	清一
				牀三	審三	禪	日	來	精二	清二
				○	○	○	○	勒	則	采
音攝	侈音	開口呼	二二覃					婪盧含	簪作含	參倉含
			四八感					壈盧感	昝子感	慘七感
			五三勘					顲郎紺	笒作紺	謲七紺
			二七合					拉盧合	帀子荅	趿七合
				○	○	○	○	盧	祖	䣖
		合口呼								
	弇音	齊齒呼		食	詩	時	兒	離	即	七
			二一侵一	○	深式針	諶氏任	任如林	林力尋	祲子心	侵七林
			四七寢一	*甚食荏	*沈式荏	甚常枕	荏如甚	廩力稔	醮子朕	寢七稔
			五二沁	○	深式禁	甚時鴆	妊汝鴆	臨良鴆	浸子鴆	沁七鴆
			二六緝一	○	溼失入	十是執	入人執	立力入	㗱子入	緝七入
		撮口呼		紓	書	墅	如	呂	借	取
			二一侵二	○	○	○	○	○	○	○
			四七寢二	○	○	○	○	○	○	○
			二六緝一	○	○	○	○	○	○	○

聲韻 4 韻				齒　音						
				從一	心一	○	○	○	○	○
				從二	心二	邪	照二	穿二	牀二	審二
				在	塞	○	○	○	○	○
音攝	侈音	開口呼	二二覃	蠶昨含	毿蘇含					
			四八感	歜徂感	糂桑感					
			五三勘	○	俕蘇紺					
			二七合	雜徂合	趿蘇合					
				徂	蘇	○	○	○	○	○
		合口呼								
	弇音	齊齒呼		疾	息	夕	側	測	崱	色
			二一侵一	鱘昨淫	心息林	尋徐林	先側吟	墋楚簪	岑鋤針	森所今
			四七寢一	蕈慈荏	罧斯甚	○	○	墋初朕	願士痒	痒疎錦
			五二沁	○	○	○	譖莊蔭	讖楚譖	○	滲所禁
			二六緝一	集秦入	報先立	習似入	戢阻立	届初戢	霵仕戢	澀色立
		撮口呼		咀	胥	除	阻	初	鋤	疏
			二一侵二	○	○	○	○	○	○	○
			四七寢二	○	○	○	○	○	○	○
			二六緝一	○	○	○	○	○	○	○

5 韻 聲				脣音			
				幫	滂	並	明
				非	敷	奉	微
				北	柏	白	墨
音攝	侈音	開口呼	二二覃	褒博毛	曩普袍	袍薄褒	毛莫袍
			四八感	寶博抱	○	抱薄浩	蓩武道
			五三勘	報博耗	○	暴博報	冃莫報
			二七合	○	○	○	○
		合口呼		補	普	蒲	模
	弇音	齊齒呼		陂	披	皮	眉
			二一侵一	*飆甫遥	嘦撫招	瓢符霄	*蜱彌遥
			四七寢一	*表陂矯	縹敷沼	*摽符少	眇亡沼
			五二沁	裱方廟	剽匹妙	驃毗召	*妙彌笑
			二六緝一	○	○	○	○
		撮口呼		府	敷	扶	無
			二一侵二	○	○	○	○
			四七寢二	○	○	○	○
			二六緝一	○	○	○	○

附表　《《廣韻》補譜》之二十／奄攝

聲＼韻	喉音 影一／影二／噫	牙音 見一／見二／格	溪一／溪二／客	○／群／○	曉一／曉二／黑	匣一／匣(于)／劾	疑一／疑二／額
侈音 開口呼							
二五添	○	兼古甜	謙苦兼		馦許兼	嫌戶兼	○
五一忝	○	孂兼玷	嗛苦簟		○	鼸胡忝	○
五六㮇	𪏻於念	*兼古念	傔苦念		○	○	○
三十帖	○	頰古協	愜苦協		弽呼牒	協胡頰	○
侈音 合口呼 烏／姑／枯／○／呼／胡／吾							
二三談	○	甘古三	坩苦甘		蚶呼談	酣胡甘	○
四九敢	埯烏敢	敢古覽	㪉口敢		㰢呼覽	○	○
五四闞	○	餡古蹔	闞苦濫		㰹呼濫	憨下瞰	○
二八盍	鰪安盍	𩉼古盍	榼苦盍		欱呼盍	盍胡臘	儑五盍
弇音 齊齒呼 衣／幾／豈／其／義／囗／宜							
二四鹽一	懕一鹽	○	憸丘廉	鍼巨鹽	○	○	鵜語廉
五十琰一	黶於琰	○	㑎謙琰	○	○	○	○
五五豓一	厭於豓	○	○	○	○	○	驗魚窆
二九葉一	魘於葉	○	𤸷盍涉	衱其輒	○	○	○
弇音 撮口呼 於／居／區／渠／虛／于／魚							
二四鹽二	淹央炎	○	○	箝巨淹	○	*炎于廉	○
五十琰二	奄衣儉	檢居奄	預丘檢	儉巨險	險虛檢	○	顩魚檢
五五豓二	*悇於驗	○	○	○	○	○	○
二九葉二	*敵於輒	*𡉠居輒	○	○	○	曄筠輒	○

2聲韻				舌　音						
				端	透	定	○	泥	○	○
				知	徹	澄	喻	娘	照三	穿三
				德	託	特	○	內	○	○
奄攝	侈音	開口呼	二五添	髻丁兼	添他兼	甜徒兼		鮎奴兼		
			五一忝	點多忝	忝他玷	簟徒玷		淰乃玷		
			五六㮇	店都念	㮇他念	磹徒念		念奴店		
			三十帖	聑丁愜	怗他協	牒徒協		苶奴協		
		合口呼		都	土	徒	○	奴	○	○
			二三談	擔都甘	舑他酣	談徒甘		○		
			四九敢	膽都敢	菼吐敢	噉徒敢		○		
			五四闞	擔都濫	賧吐濫	憺徒濫		○		
			二八盍	*䪙都盍	榻吐盍	蹋徒盍		魶奴盍		
	弇音	齊齒呼		知	癡	池	夷	尼	之	叱
			二四鹽一	霑張廉	覘丑廉	霑直廉	鹽余廉	黏女廉	詹職廉	幨處占
			五十琰一	○	諂丑琰	○	琰以冉	○	颭占琰	○
			五五豔一	○	覘丑豔	○	豓以贍	○	占章豔	韂昌豔
			二九葉一	輒陟葉	鍤丑輒	牒直葉	葉與涉	聶尼輒	讋之涉	謵叱涉
		撮口呼		豬	楮	除	余	女	諸	處
			二四鹽二	○	○	○	○	○	○	○
			五十琰二	○	○	○	○	○	○	○
			五五豔二	○	○	○	○	○	○	○
			二九葉二	○	○	○	○	○	○	○

3韻			舌音					齒音	
聲			○	○	○	○	○	精一	清一
			牀三	審三	禪	日	來	精二	清二
			○	○	○	○	勒	則	采
奄攝	侈音	開口呼							
		二五添					鬑勒兼	○	○
		五一忝					稴力忝	○	懨青忝
		五六桥					稴力店	僭子念	○
		三十帖					甄盧協	浹子協	○
			○	○	○	○	盧	祖	龕
		合口呼							
		二三談					藍魯甘	○	○
		四九敢					覽盧敢	篸子敢	黲倉敢
		五四闞					濫盧瞰	○	○
		二八盍					臘盧盍	○	○
	弇音		食	詩	時	兒	離	即	七
		齊齒呼							
		二四鹽一	○	苫失廉	棎視占	*㜣汝鹽	廉力鹽	尖子廉	籤七廉
		五十琰一	○	陝失冉	剡時染	冉而琰	斂良冉	漸子冉	憸七漸
		五五豔一	○	閃舒贍	贍時豔	染而豔	殮力驗	壍子豔	壍七豔
		二九葉一	○	攝書涉	涉時攝	讘而涉	獵良涉	接即葉	妾七接
			紓	書	墅	如	呂	借	取
		撮口呼							
		二四鹽二	○	壥史炎	○	○	○	○	○
		五十琰二	○	○	○	○	○	○	○
		五五豔二	○	○	○	○	○	○	○
		二九葉二	○	○	*輒涉葉	○	○	○	○

4 聲 韻				齒　音						
				從一	心一	○	○	○	○	○
				從二	心二	邪	照二	穿二	牀二	審二
				在	塞	○	○	○	○	○
奄攝	侈音	開口呼	二五添	○	○					
			五一忝	○	○					
			五六㮇	暫漸念	礆先念					
			三十帖	䕹在協	燮蘇協					
		合口呼		徂	蘇	○	○	○	○	○
			二三談	慙昨甘	三蘇甘					
			四九敢	槧才敢	○					
			五四闞	暫藏濫	三蘇暫					
			二八盍	疀才盍	儑私盍					
	弇音	齊齒呼		疾	息	夕	側	測	崱	色
			二四鹽一	潛昨鹽	銛息廉	㲣徐鹽	○	○	○	○
			五十琰一	漸慈染	○	○	○	○	○	○
			五五豔一	潛慈豔	○	○	○	○	○	○
			二九葉一	捷疾葉	○	○	○	○	○	○
		撮口呼		咀	胥	除	阻	初	鋤	疏
			二四鹽二	○	○	○	○	○	○	○
			五十琰二	○	○	○	○	○	○	○
			五五豔二	○	○	○	○	○	○	○
			二九葉二	○	○	○	○	○	萐山輒	○

5韻 / 聲			脣　音			
			幫	滂	並	明
			非	敷	奉	微
			北	柏	白	墨
奄攝	侈音	開口呼				
		二五添	○	○	○	○
		五一忝	○	○	○	㝹明忝
		五六橑	○	○	○	○
		三十帖	○	○	○	○
		合口呼	補	普	蒲	模
		二三談	○	○	○	姏武酣
		四九敢	○	○	○	姏謨敢
		五四闞	○	○	○	○
		二八盍	○	○	○	○
	弇音	齊齒呼	陂	披	皮	眉
		二四鹽一	*砭府廉	○	○	○
		五十琰一	貶方斂	○	○	○
		五五豔一	窆方驗	○	○	○
		二九葉一	○	○	○	○
		撮口呼	府	敷	扶	無
		二四鹽二	○	○	○	○
		五十琰二	○	○	○	○
		五五豔二	○	○	○	○
		二九葉二	○	○	○	○

附表　〈《廣韻》補譜〉之二一／娃（益）變攝

1韻		聲	喉音	牙音					
			影一	見一	溪一	○	曉一	匣一	疑一
			影二	見二	溪二	群	曉二	匣（于）	疑二
			噫	格	客	○	黑	劼	額
娃變攝	侈音	開口呼 十三佳一	娃於佳	佳古膎	○		醫火佳	㺒戶佳	崖五佳
		十二蟹一	矮烏蟹	解佳買	*䁤苦蟹		○	蟹胡買	○
		十五卦一	隘烏懈	懈古隘	嫛苦賣		譮火懈	邂胡懈	睚五懈
			烏	姑	枯	○	呼	胡	吾
		合口呼 十三佳二	蛙烏媧	媧古蛙	咼苦緺		蟧火媧	鼃戶媧	○
		十二蟹二	○	*枴乖買	○		*扮花夥	*夥懷㸚	○
		十五卦二	○	*卦古賣	○		諣呼卦	畫胡卦	○
	弇音	齊齒呼	衣	幾	豈	其	義	囿	宜
		撮口呼	於	居	區	渠	虛	于	魚

2韻 / 聲				舌　音						
				端	透	定	○	泥	○	○
				知	徹	澄	喻	娘	照三	穿三
				德	託	特	○	內	○	○
娃變攝	佽音	開口呼	十三佳一					○		
			十二蟹一					○		
			十五卦一					○		
				○	○	○	○	盧	祖	龕
		合口呼	十三佳二					○		
			十二蟹二					○		
			十五卦二					○		
	弇音	齊齒呼		食	詩	時	兒	離	即	七
		撮口呼		紓	書	墅	如	呂	借	取

3　韻				舌　音					齒　音	
聲				○	○	○	○	○	精一	清一
				牀三	審三	禪	日	來	精二	清二
				○	○	○	○	勒	則	采
娃變攝	侈音	開口呼	十三佳一					○		
			十二蟹一					○		
			十五卦一					○		
		合口呼		○	○	○	○	盧	祖	麄
			十三佳二					○		
			十二蟹二					○		
			十五卦二					○		
	弇音	齊齒呼		食	詩	時	兒	離	即	七
		撮口呼		紓	書	墅	如	呂	借	取

4 聲 韻				齒　音						
				從一	心一	○	○	○	○	○
				從二	心二	邪	照二	穿二	牀二	審二
				在	塞	○	○	○	○	○
娃變攝	侈音	開口呼	十三佳一				○	釵楚佳	柴士佳	崽山佳
			十二蟹一				○	○	○	灑所蟹
			十五卦一				債側賣	差楚懈	*瘥士懈	曬所賣
		合口呼		徂	蘇	○	阻	初	鋤	疏
			十三佳二				○	○	○	○
			十二蟹二				○	○	○	○
			十五卦二				○	○	○	○
	弇音	齊齒呼		疾	息	夕	側	測	崱	色
		撮口呼		咀	胥	除	阻	初	鋤	疏

5 韻 \ 聲				脣　　音			
				幫	滂	並	明
				非	敷	奉	微
				北	柏	白	墨
娃變攝	侈音	開口呼	十三佳一	○	○	牌薄佳	矄莫佳
			十二蟹一	*擺北買	○	罷薄蟹	買莫蟹
			十五卦一	薜方賣	*派匹卦	*粺傍卦	賣莫懈
				補	普	蒲	模
		合口呼	十三佳二	○	○	○	○
			十二蟹二	○	○	○	○
			十五卦二	○	○	○	○
				陂	披	皮	眉
		齊齒呼					
	弇音			府	敷	扶	無
		撮口呼					

附表　〈《廣韻》補譜〉之二二／威衣變攝

1韻 聲				喉音	牙音					
				影一	見一	溪一	○	曉一	匣一	疑一
				影二	見二	溪二	群	曉二	匣（于）	疑二
				噫	格	客	○	黑	劾	額
威衣變攝	侈音	開口呼	十四皆一	挨乙諧	皆古諧	楷口皆		俙喜皆	諧戶皆	霴擬皆
			十三駭	挨於駭	○	楷苦駭		○	駭侯楷	騃五駭
			十六怪一	噫烏界	誡古拜	炫苦戒		譮許介	械胡介	聐五介
		合口呼		烏	姑	枯	○	呼	胡	吾
			十四皆二	*崴烏乖	乖古懷	匶苦淮		虺呼懷	懷戶乖	○
			十六怪二	○	怪古壞	蒯苦怪		黊火怪	壞胡怪	聭五怪
	弇音	齊齒呼		衣	幾	豈	其	義	圉	宜
			八微一	依於希	機居依	○	祈渠希	希香衣	○	沂魚衣
			七尾一	扆於豈	蟣居豨	豈袪豨	○	豨虛豈	○	顗魚豈
			八未一	衣於既	既居豙	氣去既	禨其既	欷許既	○	毅魚既
		撮口呼		於	居	區	渠	虛	于	魚
			八微二	威於非	歸舉韋	歸丘韋	○	揮許歸	幃雨非	巍語韋
			七尾二	磈於鬼	鬼居偉	○	○	虺許偉	瑋于鬼	○
			八未二	尉於胃	貴居胃	籄丘畏	○	諱許貴	胃于貴	魏魚貴

2　聲　韻			舌　音						
			端	透	定	○	泥	○	○
			知	徹	澄	喻	娘	照三	穿三
			德	託	特	○	內	○	○
威衣變攝	侈音	開口呼	十四皆一	齚卓皆	搋丑皆	○		*搩諾皆		
			十三駭	○	○	○		○		
			十六怪一	○	○	○		褹女介		
		合口呼		都	土	徒	○	奴	○	○
			十四皆二	○	○	擓杜懷		○		
			十六怪二	○	*頦他怪	○		○		
	弇音	齊齒呼		知	癡	池	夷	尼	之	叱
			八微一							
			七尾一							
			八未一							
		撮口呼		豬	楮	除	余	女	諸	處
			八微二							
			七尾二							
			八未二							

3韻 / 聲				牀三 ○	審三 ○	禪 ○	日 ○	來 勒	精一/精二 則	清一/清二 采
威衣變攝	侈音	開口呼	十四皆一					唻賴譜		
			十三駭					○		
			十六怪一					○		
		合口呼		○	○	○	○	盧	祖	薦
			十四皆二					○		
			十六怪二					○		
	弇音	齊齒呼		食	詩	時	兒	離	即	七
			八微一							
			七尾一							
			八未一							
		撮口呼		紓	書	墅	如	呂	借	取
			八微二							
			七尾二							
			八未二							

4 韻			聲	齒　音						
				從一	心一	○	○	○	○	○
				從二	心二	邪	照二	穿二	牀二	審二
				在	塞	○	側	測	峻	色
威衣變攝	侈音	開口呼	十四皆一				齊側皆	差側皆	豺士皆	崽山皆
			十三駭				○	○	○	○
			十六怪一				瘵側界	○	○	○
		合口呼		徂	蘇	○	阻	初	鋤	疏
			十四皆二							
			十六怪二							
	弇音	齊齒呼		疾	息	夕	側	測	峻	色
			八微一							
			七尾一							
			八未一							
		撮口呼		咀	胥	除	阻	初	鋤	疏
			八微二							
			七尾二							
			八未二							

5韻		聲		脣　音			
				幫	滂	並	明
				非	敷	奉	微
				北	柏	白	墨
威衣變攝	侈音	開口呼	十四皆一	○	○	排步皆	埋莫皆
			十三駭	○	○	○	○
			十六怪一	*攃博怪*	湃普拜	憊蒲拜	眛莫拜
		合口呼		補	普	蒲	模
			十四皆二	○	○	○	○
			十六怪二	○	○	○	○
	弇音	齊齒呼		陂	披	皮	眉
			八微一	○	○	○	○
			七尾一	○	○	○	○
			八未一	○	○	○	○
		撮口呼		府	敷	扶	無
			八微二	奜甫微	霏芳非	肥符非	微無非
			七尾二	匪府尾	斐敷尾	膍浮鬼	尾無匪
			八未二	沸方味	費芳未	*豷扶沸*	未無沸

附表 〈《廣韻》補譜〉之二三／脣嬰變攝

1韻＼聲				喉音	牙音					
				影一	見一	溪一	○	曉一	匣一	疑一
				影二	見二	溪二	群	曉二	匣（于）	疑二
				噫	格	客	○	黑	劾	額
脣嬰變攝	侈音	開口呼	十三耕一	罌烏莖	耕古莖	鏗口莖		○	莖戶耕	娙五莖
			三九耿	○	耿古幸	○		○	幸胡耿	○
			四四諍	櫻鷪迸	○	○		轟呼迸	○	*鞕五爭
			二一麥一	戹於革	隔古核	礊楷革		○	竅下革	虉五革
		合口呼		烏	姑	枯	○	呼	胡	吾
			十三耕二	泓烏宏	○	○		轟呼宏	*宏戶萌	○
			二一麥二	○	蟈占獲	○		劃呼麥	獲胡麥	○
	弇音	齊齒呼		衣	幾	豈	其	義	圍	宜
		撮口呼		於	居	區	渠	虛	于	魚

2 聲韻			舌　音						
			端	透	定	○	泥	○	○
			知	徹	澄	喻	娘	照三	穿三
			德	託	特	○	內	○	○
膺嬰變攝 侈音	開口呼	十三耕一	朾中莖	○	橙宅耕		儜女耕		
		三九耿	○	○	○		○		
		四四諍	○	○	○		○		
		二一麥一	摘陟革	○	○		疒尼戹		
	合口呼		都	土	徒	○	奴	○	○
		十三耕二	○	○	○		○		
		二一麥二	○	○	○		○		
弇音	齊齒呼		知	癡	池	夷	尼	之	叱
	撮口呼		豬	楮	除	余	女	諸	處

3 韻			聲	舌　音					齒　音	
				○	○	○	○	○	精一	清一
				牀三	審三	禪	日	來	精二	清二
				○	○	○	○	勒	則	采
膺嬰變攝	侈音	開口呼	十三耕一					○		
			三九耿					○		
			四四諍					○		
			二一麥一					礐力摘		
		合口呼		○	○	○	○	盧	祖	麁
			十三耕二					○		
			二一麥二					○		
	弇音	齊齒呼		食	詩	時	兒	離	即	七
		撮口呼		紓	書	墅	如	呂	借	取

4 韻 / 聲韻				齒音						
				從一	心一	○	○	○	○	○
				從二	心二	邪	照二	穿二	牀二	審二
				在	塞	○	側	測	崱	色
賡嬰變攝	侈音	開口呼	十三耕一				爭側莖	琤楚耕	*崝士耕	○
			三九耿				○	○	○	○
			四四諍				○	○	○	○
			二一麥一				責側革	策楚革	賾士革	楝山責
		合口呼		徂	蘇	○	阻	初	鋤	疏
			十三耕二				○	○	○	○
			二一麥二				摑簪摑	○	趝查獲	摵砂獲
	弇音	齊齒呼		疾	息	夕	側	測	崱	色
		撮口呼		咀	胥	除	阻	初	鋤	疏

5 韻				幫 非 北	滂 敷 柏	並 奉 白	明 微 墨
脣嬰變攝	侈音	開口呼	十三耕一	浜布耕	怦普耕		甍莫耕
			三九耿	○	肨普幸	倗蒲幸	瞢武幸
			四四諍	*迸北諍	○	偋蒲迸	○
			二一麥一	檗博厄	○	擘蒲革	○
		合口呼		補	普	蒲	模
			十三耕二	○	○	*輣薄萌	○
			二一麥二	○	擙普麥	○	麥莫獲
	弇音	齊齒呼		陂	披	皮	眉
		撮口呼		府	敷	扶	無

附表　〈《廣韻》補譜〉之二四／噫攝

1 韻			聲	喉音	牙音					
				影一	見一	溪一	○	曉一	匣一	疑一
				影二	見二	溪二	群	曉二	匣（于）	疑二
				噫	格	客	○	黑	劾	額
阿烏變攝	侈音	開口呼	九麻一	鴉於加	嘉古牙	齖苦加		煆許加	遐胡加	牙五加
			三五馬一	啞烏下	檟古疋	跒苦下		閜許下	下胡雅	雅五下
			四十禡一	亞衣嫁	駕古訝	髂枯駕		嚇呼訝	暇胡駕	迓吾駕
		合口呼		烏	姑	枯	○	呼	胡	吾
			九麻二	窊烏瓜	瓜古華	誇苦瓜		華呼瓜	華戶花	傾五瓜
			三五馬二	○	寡古瓦	髁苦瓦		○	踝胡瓦	瓦五寡
			四十禡二	擭烏吳	○	跨苦化		*化呼霸	摦胡化	瓦五化
	弇音	齊齒呼		衣	幾	豈	其	義	圍	宜
		撮口呼		於	居	區	渠	虛	于	魚

			舌　音						
2韻聲			端	透	定	○	泥	○	○
			知	徹	澄	喻	娘	照三	穿三
			德	託	特	○	內	○	○
阿烏變攝	侈音	開口呼							
		九麻一	參陟加	侘敕加	宋宅加		拏女加		
		三五馬一	觰都賈	妊丑下	○		絮奴下		
		四十禡一	吒陟駕	詫丑亞	蛇除駕		*胮乃亞		
			都	土	徒	○	奴	○	○
		合口呼							
		九麻二	檛陟瓜	○	○		○		
		三五馬二	○	欻丑寡	○		○		
		四十禡二	○	○	○		○		
			知	癡	池	夷	尼	之	叱
	弇音	齊齒呼							
			豬	楮	除	余	女	諸	處
		撮口呼							

3 韻 聲			舌 音						齒 音	
			○	○	○	○	○	精一	清一
			牀三	審三	禪	日	來	精二	清二
			○	○	○	○	勒	則	采
阿烏變攝	侈音	開口呼	九麻一						○	
			三五馬一						*磊盧下	
			四十禡一						○	
		合口呼		○	○	○	○	盧	祖	麄
			九麻二						○	
			三五馬二						○	
			四十禡二						○	
	弇音	齊齒呼		食	詩	時	兒	離	即	七
		撮口呼		紓	書	墅	如	呂	借	取

4 韻 ＼ 聲			齒　音						
			從一	心一	○	○	○	○	○
			從二	心二	邪	照二	穿二	牀二	審二
			在	塞	○	側	測	崱	色
阿烏變攝	佟音	開口呼	九麻一				櫨側加	叉初牙	楂鉏加	鯊所加
			三五馬一				鮓側下	○	槎士下	灑砂下
			四十禡一				詐側駕	○	乍鉏駕	嗄所嫁
		合口呼		徂	蘇	○	阻	初	鋤	疏
			九麻二				髽莊華	○	○	○
			三五馬二				○	硰叉瓦	○	䚞沙瓦
			四十禡二				○	○		誜所化
	夃音	齊齒呼		疾	息	夕	側	測	崱	色
		撮口呼		咀	胥	除	阻	初	鋤	疏

5韻 聲／韻			唇　音			
			幫	滂	並	明
			非	敷	奉	微
			北	柏	白	墨
阿鳥變攝	侈音	開口呼	九麻一	巴柏加	葩普巴	爬蒲巴	麻莫霞
			三五馬一	把博下	○	跁傍下	馬莫下
			四十禡一	霸必駕	帕普駕	欻白駕	禡莫駕
				補	普	蒲	模
		合口呼	九麻二	○	○	○	○
			三五馬二	○	○	○	○
			四十禡二	○	○	○	○
	弇音	齊齒呼		陂	披	皮	眉
		撮口呼		府	敷	扶	無

附表　《《廣韻》補譜》之二五／藹（阿攝附）變攝

1　韻 / 聲		喉音	牙　音					
		影一	見一	溪一	○	曉一	匣一	疑一
		影二	見二	溪二	群	曉二	匣（于）	疑二
		噫	格	客	○	黑	劾	額
藹變攝 · 佟音 · 開口呼	十七夬一	喝於犗	犗古喝	○		*講火犗	*叡何犗	○
藹變攝 · 佟音 · 合口呼					○			
藹變攝 · 佟音 · 合口呼	十七夬二	黵烏快	*夬古邁	快苦夬		咶火夬	話下快	○
藹變攝 · 弇音 · 齊齒呼		衣	幾	豈	其	義	圉	宜
藹變攝 · 弇音 · 撮口呼		於	居	區	渠	虛	于	魚
藹變攝 · 弇音 · 撮口呼	二十廢							

2 韻 / 聲			舌　音						
			端	透	定	○	泥	○	○
			知	徹	澄	喻	娘	照三	穿三
			德	託	特	○	內	○	○
藹變攝	侈音	開口呼 十七夬一	○	矗丑犗	○				
		合口呼	都	土	徒	○	奴	○	○
		十七夬二	○	○	𪗉除邁				
	弇音	齊齒呼	知	癡	池	夷	尼	之	叱
		撮口呼	豬	楮	除	余	女	諸	處
		二十廢							

3韻 聲			舌音					齒音	
			○	○	○	○	○	精一	清一
			牀三	審三	禪	日	來	精二	清二
			○	○	○	○	勒	則	采
蕢變攝 佟音	開口呼						○		
		十七夬一					○		
	合口呼		○	○	○	○	盧	祖	麁
		十七夬二					○		
弇音	齊齒呼		食	詩	時	兒	離	即	七
	撮口呼		紓	書	墅	如	呂	借	取
		二十廢							

4 韻 ＼ 聲			齒音						
			從一	心一	○	○	○	○	○
			從二	心二	邪	照二	穿二	牀二	審二
			在	塞	○	側	測	崱	色
藹變攝	侈音	開口呼 十七夬一				○	○	○	冊所犗
		合口呼	徂	蘇	○	阻	初	鋤	疏
		十七夬二				○	嘬楚夬	寨犲夬	○
	弇音	齊齒呼	疾	息	夕	側	測	崱	色
			咀	胥	除	阻	初	鋤	疏
		撮口呼 二十廢							

5 韻 / 聲			脣　音			
			幫	滂	並	明
			非	敷	奉	微
			北	柏	白	墨
蔼變攝	侈音	開口呼				
		十七夬一	○	○	○	○
		合口呼	補	普	蒲	模
		十七夬二	敗補邁	○	敗薄邁	邁莫話
	弇音	齊齒呼	陂	披	皮	眉
		撮口呼	府	敷	扶	無
		二十廢	廢方肺	*肺芳吠	吠符廢	○

附表　〈《廣韻》補譜〉之二六／安變攝

1 韻　聲				喉音	牙音					
				影一	見一	溪一	○	曉一	匣一	疑一
				影二	見二	溪二	群	曉二	匣（于）	疑二
				噫	格	客	○	黑	劾	額
安變攝	侈音	開口呼	二七刪一	○	姦古顏	馯丘姦		○	○	顏五姦
			二五潸一	○	○	○		○	*僩下赧	○
			三十諫一	晏烏澗	諫古晏	○		○	骭下晏	雁五晏
			十五鎋一	鷝乙鎋	鵠古鎋	褐枯鎋		瞎許鎋	鎋胡瞎	齾五鎋
		合口呼		烏	姑	枯	○	呼	胡	吾
			二七刪二	彎烏關	關古還			○	還戶關	瘝五還
			二五潸二	綰烏板	○	○		○	睆戶板	䪼五板
			三十諫二	綰烏患	慣古患	○		○	患胡慣	薍五患
			十五鎋二		刮古頒	○		○	頢下刮	刖五刮
	弇音	齊齒呼		衣	幾	豈	其	義	圉	宜
			二二元一	蔫謁言	攐居言	攑丘言	籛巨言	軒虛言	○	言語軒
			二十阮一	偃於幰	湕居偃	言去偃	*寋其偃	幰虛偃	○	言語偃
			二五願一	堰於建	建居万	○	健渠建	獻許建	○	言語偃
			十月一	謁於歇	訐居竭	○	揭其謁	歇許竭	○	钀語許
		撮口呼		於	居	區	渠	虛	于	魚
			二二元二	鴛於袁	○	○	○	暄況袁	袁雨元	元愚袁
			二十阮二	婉於阮	○	棬去阮	𢴑求晚	咺況晚	遠雲阮	阮虞遠
			二五願二	怨於願	𢐬居願	*劵去願	*圈臼万	楥虛願	遠于願	願魚怨
			十月二	㝹於月	厥居月	闕去月	*𤜯其月	颰許月	越王伐	月魚厥

2 韻 / 聲				舌　音						
				端	透	定	○	泥	○	○
				知	徹	澄	喻	娘	照三	穿三
				德	託	特	○	內	○	○
安變攝	侈音	開口呼	二七刪一	○	○	○		○		
			二五潸一	○	○	○		○		
			三十諫一	○	暴丑晏	○		○		
			十五鎋一	听陟鎋	獺他鎋	○		○		
		合口呼		都	土	徒	○	奴	○	○
			二七刪二	○	○			奻女還		
			二五潸二	○	○	○		*赧女版		
			三十諫二	○	○	○		奻女患		
			十五鎋二	*鷌丁刮	*頒丑刮	○		妠女刮		
	弇音	齊齒呼							之	叱
			二二元一							
			二十阮一							
			二五願一							
			十月一							
		撮口呼		豬	楮	除	余	女	諸	處
			二二元二							
			二十阮二							
			二五願二							
			十月二							

3韻　聲				舌音					齒音	
				○	○	○	○	○	精一	清一
				牀三	審三	禪	日	來	精二	清二
				○	○	○	○	勒	則	采
安變攝	侈音	開口呼	二七刪一					○		
			二五潸一					○		
			三十鍊一					○		
			十五鑑一					○		
		合口呼		○	○	○	○	盧	祖	麁
			二七刪二							
			二五潸二							
			三十諫二					○		
			十五鑑二							
	弇音	齊齒呼		食	詩	時	兒	離	即	七
			二二元一							
			二十阮一							
			二五願一							
			十月一							
		撮口呼		紓	書	墅	如	呂	借	取
			二二元二							
			二十阮二							
			二五願二							
			十月二							

4 韻 ＼ 聲	齒　音						
	從一	心一	○	○	○	○	○
	從二	心二	邪	照二	穿二	牀二	審二
	在	塞	○	側	測	崱	色
安變攝　侈音　開口呼							
二七刪一				○	○	○	刪所姦
二五潸一				○	○	○	○
三十諫一				○	鏟初雁	輚士諫	訕所晏
十五鎋一				○	刹初鎋	鑯查鎋	○
合口呼	徂	蘇	○	阻	初	鋤	疏
二七刪二				跧阻頑	○	○	櫏數還
二五潸二				酢側板	羖初板	虦士板	潸數板
三十諫二				○	篡初患	○	*孿生患
十五鎋二				○	籫初刮	○	*刮數刮
弇音　齊齒呼	疾	息	夕	側	測	崱	色
二二元一							
二十阮一							
二五願一							
十月一							
撮口呼	咀	胥	除	阻	初	鋤	疏
二二元二							
二十阮二							
二五願二							
十月二							

5韻 聲			脣　　音			
			幫	滂	並	明
			非	敷	奉	微
			北	柏	白	墨
安變攝	侈音	開口呼	二七刪一	○	○	○	○
			二五潸一	○	○	○	○
			三十諫一	○	○	○	慢謨晏
			十五鎋一	捌百鎋	○	○	礘莫鎋
		合口呼		補	普	蒲	模
			二七刪二	班布還	攀普班	○	蠻莫還
			二五潸二	版布綰	販普板	阪扶板	矕武板
			三十諫二	○	襻普患	○	○
			十五鎋二	○	○	○	○
	弇音	齊齒呼		陂	披	皮	眉
			二二元一	○	○	○	○
			二十阮一	○	○	○	○
			二五願一	○	○	○	○
			十月一	○	○	○	○
		撮口呼		府	敷	扶	無
			二二元二	蕃甫煩	飜孚袁	煩附袁	樠武元
			二十阮二	反府遠	○	飯扶晚	晚無遠
			二五願二	販方願	嬎芳万	飯符万	万無販
			十月二	髪方伐	怖拂伐	伐房越	韈望發

附表 〈《廣韻》補譜〉之二七／臸攝

1 韻 \ 聲				喉音	牙 音					
				影一	見一	溪一	○	曉一	匣一	疑一
				影二	見二	溪二	群	曉二	匣（于）	疑二
				噫	格	客	○	黑	劾	額
臸變攝	侈音	開口呼	二八山一	顯烏閑	閒古閑	慳苦閑		䡤許閒	閑戶閒	訮五閒
			二六產一	○	簡古限	齦起限		○	限胡簡	眼五限
			三一襉一	○	襇古莧	○		○	莧侯襇	○
			一四黠一	軋烏黠	戛古黠	䐑恪八		俏呼八	*黠胡八	○
		合口呼					○			
			二八山二	○	*鰥古頑	*𧤲跪頑		幻獲頑	*嬛委鰥	○
			二六產二	○	○	○		○	○	○
			三一襉二	○	*鰥古幻	○		○	*幻胡辨	○
			一四黠二	*婠烏滑	劀古滑	䶑口滑		○	*滑戶八	*䫻五滑
	弇音	齊齒呼		衣	幾	豈	其	義	圍	宜
		撮口呼		於	居	區	渠	虛	于	魚
			二十文	熅於云	君舉云	○	羣渠云	薰許云	雲王分	○
			十八吻	惲於粉	○	趣丘粉	○	○	抎云粉	齳魚吻
			二三問	醖於問	攈居運	○	郡渠運	訓許運	運王問	○
			八物	鬱紆物	亥九勿	*屈區物	倔衢物	颭許勿	*颶王勿	崛魚勿

2 韻 / 聲			舌 音						
			端	透	定	○	泥	○	○
			知	徹	澄	喻	娘	照三	穿三
			德	託	特	○	內	○	○
咍變攝	侈音	開口呼	二八山一 讀陟山	○	獬直閑		嚜女閑		
			二六產一 ○	○	○		○		
			三一襉一 ○	○	袒丈莧		○		
			一四黠一 ○	○	○		*疧女黠		
		合口呼	都	土	徒	○	奴	○	○
			二八山二 ○	○	窀墜頑		○		
			二六產二 ○	○	○		○		
			三一襉二 ○	○	○		○		
			一四黠二 ○	○	○		*豽女滑		
	弇音	齊齒呼						之	叱
		撮口呼	豬	楮	除	余	女	諸	處
			二十文						
			十八吻						
			二三問						
			八物						

3韻			聲	舌音					齒音	
				○	○	○	○	○	精一	清一
				牀三	審三	禪	日	來	精二	清二
				○	○	○	○	勒	則	采
晶變攝	侈音	開口呼	二八山一					斕力閑		
			二六產一					○		
			三一襇一					○		
			一四黠一					○		
				○	○	○	○	盧	祖	麄
		合口呼	二八山二					*爐力頑		
			二六產二					○		
			三一襇二					○		
			一四黠二					○		
	弇音	齊齒呼		食	詩	時	兒	離	即	七
				紓	書	墅	如	呂	借	取
		撮口呼	二十文							
			十八吻							
			二三問							
			八物							

4 韻 \ 聲				齒音						
				從一	心一	○	○	○	○	○
				從二	心二	邪	照二	穿二	牀二	審二
				在	塞	○	側	測	崱	色
昷變攝	侈音	開口呼	二八山一				○	○	*㦩士山	山所開
			二六產一				醆阻限	剗初限	棧士限	產所簡
			三一襉一				○	○	○	○
			一四黠一				札側八	齾初八	○	殺所八
				徂	蘇	○	阻	初	鋤	疏
		合口呼	二八山二				○	○	○	○
			二六產二				○	*㳻初綰	○	○
			三一襉二				○	○	○	○
			一四黠二				茁鄒滑	○	○	○
				疾	息	夕	側	測	崱	色
	弇音	齊齒呼								
				咀	胥	除	阻	初	鋤	疏
		撮口呼	二十文							
			十八吻							
			二三問							
			八物							

5 韻 \\ 聲	脣　音			
	幫	滂	並	明
	非	敷	奉	微
	北	柏	白	墨
佟音 開口呼 二八山一	褊方閑	○	○	○
二六產一	○	○	○	魋武簡
三一襇一	○	盼匹莧	*瓣蒲莧	蔄亡莧
一四黠一	八博拔	汃普八	拔蒲八	密莫八
	補	普	蒲	模
合口呼 二八山二	○	○	○	○
二六產二	○	○	○	○
三一襇二	*盼晡幻	○	○	○
一四黠二	○	○	○	○
	陂	披	皮	眉
弇音 齊齒呼				
	府	敷	扶	無
撮口呼 二十文	*分府文	*芬撫文	汾符分	文無分
十八吻	粉方吻	忿敷粉	憤房吻	吻武粉
二三問	糞方問	湓匹問	分扶問	問亡運
八物	弗分忽	拂敷勿	佛符弗	物文弗

左側縱標：晜變攝

附表　〈《廣韻》補譜〉之二八／央攝

1 聲　韻			喉音	牙音					
			影一	見一	溪一	○	曉一	匣一	疑一
			影二	見二	溪二	群	曉二	匣（于）	疑二
			噫	格	客	○	黑	劾	額
央變攝	侈音	開口呼							
		十二庚一	○	庚古行	阬客庚		脝許庚	行戶庚	○
		三八梗一	瞢烏猛	梗古杏	○		汸呼*瞢	杏何梗	○
		四三映一	瀴於孟	更古孟	○		諱許更	行下更	○
		二十陌一	啞烏格	格古伯	客苦格		赫呼格	恪胡格	額五陌
		合口呼	烏	姑	枯	○	呼	胡	吾
		十二庚二	○	觵古橫	○		諻虎橫	*橫戶盲	○
		三八梗二	○	*礦古猛	*界苦礦		○	○	○
		四三映二	*宖烏橫	○	○		○	*蝗戶孟	○
		二十陌二	擭一虢	*蟈古伯	蛞丘擭		*謋虎虢	*嚄胡虢	○
	弇音	齊齒呼	衣	幾	豈	其	義	圍	宜
		十二庚三	霙於驚	驚舉卿	卿去京	擎渠京	○	○	迎語京
		三八梗三	*影於丙	警居影	○		○	○	○
		四三映三	映於敬	敬居慶	慶丘敬	競渠敬	○	○	迎魚敬
		二十陌三	○	戟几劇	隙綺戟	劇奇逆	虩許郤	○	逆宜戟
		撮口呼	於	居	區	渠	虛	于	魚
		十二庚四	○	○	○	○	兄許榮	榮永兵	○
		三八梗四	○	憬俱永	○		夐許永	永于憬	○
		四三映四	○	○	○		○	詠爲命	○
		二十陌四	○	○	○	○	○	○	○

2韻				舌　音						
			聲	端	透	定	○	泥	○	○
				知	徹	澄	喻	娘	照三	穿三
				德	託	特	○	內	○	○
央變攝	侈音	開口呼	十二庚一	趙竹盲	瞠丑庚	棖直庚		鬡乃庚		
			三八梗一	盯張梗	○	瑒徒杏		檸孥梗		
			四三映一	倀猪孟	*牚他孟	鎇除更	○			
			二十陌一	磔陟格	蹃丑格	*宅場伯		蹃女白		
				都	土	徒	○	奴	○	○
		合口呼	十二庚二	○	○	○		○		
			三八梗二	○	○	○		○		
			四三映二	○	○	○		○		
			二十陌二	○	○	○		○		
	异音	齊齒呼							之	叱
			十二庚三	○	○	○		○	○	○
			三八梗三	○	○	○		○	○	○
			四三映三	○	○	○		○		
			二十陌三	○	○	○		○	○	○
		撮口呼		豬	楮	除	余	女	諸	處
			十二庚四	○	○	○		○	○	○
			三八梗四	○	○	○		○	○	○
			四三映四	○	○	○		○	○	○
			二十陌四	○	○	○		○	○	○

3 韻				舌　　音					齒　音	
		聲	○	○	○	○	○	精一	清一
			牀三	審三	禪	日	來	精二	清二
			○	○	○	○	勒	則	采
央變攝	侈音	開口呼	十二庚一					○	
			三八梗一					○	
			四三映一					○	
			二十陌一					○	
		合口呼		○	○	○	○	盧	祖	龕
			十二庚二					○	
			三八梗二					○	
			四三映二					○	
			二十陌二					○	
	弇音	齊齒呼		食	詩	時	兒	離	即	七
			十二庚三						
			三八梗三						
			四三映三						
			二十陌三						
		撮口呼		紓	書	墅	如	呂	借	取
			十二庚四						
			三八梗四						
			四三映四						
			二十陌四						

4韻 央變攝		聲	齒音						
			從一	心一	○	○	○	○	○
			從二	心二	邪	照二	穿二	牀二	審二
			在	塞	○	側	測	崱	色
侈音	開口呼	十二庚一				○	鎗楚庚	傖助庚	生所庚
		三八梗一				○	○	○	*省所景
		四三映一				○	*瀧楚敬	○	*生所敬
		二十陌一				嘖側伯	*柵測戟	齚鋤陌	*索山戟
			徂	蘇	○	阻	初	鋤	疏
	合口呼	十二庚二				○	○	○	○
		三八梗二				○	○	○	○
		四三映二				○	○	○	○
		二十陌二				○	○	○	○
弇音			疾	息	夕	側	測	崱	色
	齊齒呼	十二庚三							
		三八梗三							
		四三映三							
		二十陌三							
			咀	胥	除	阻	初	鋤	疏
	撮口呼	十二庚四							
		三八梗四							
		四三映四							
		二十陌四							

5韻			聲	脣　音			
				幫	滂	並	明
				非	敷	奉	微
				北	柏	白	墨
央變攝	侈音	開口呼	十二庚一	閔甫盲	磅撫庚	彭薄庚	盲武庚
			三八梗一	浜布梗	○	鮮蒲猛	*猛莫杏
			四三映一	*榜北孟	○	膨蒲孟	孟莫更
			二十陌一	伯博陌	拍普伯	白傍陌	陌莫白
		合口呼		補	普	蒲	模
			十二庚二	○	○	○	○
			三八梗二	○	○	○	○
			四三映二	○	○	○	○
			二十陌二	○	○	○	○
	弇音	齊齒呼		陂	披	皮	眉
			十二庚三	○	○	○	○
			三八梗三	○	○	○	○
			四三映三	○	○	○	○
			二十陌三	○	○	○	○
		撮口呼		府	敷	扶	無
			十二庚四	兵甫明	○	○	○
			三八梗四	丙兵永	○	○	○
			四三映四	柄陂病	○	病皮命	命眉病
			二十陌四	○	○	欂弼戟	○

附表　《廣韻》補譜〉之二九／邕變攝

			喉音	牙　音					
1韻 **聲**			影一	見一	溪一	○	曉一	匣一	疑一
			影二	見二	溪二	群	曉二	匣（于）	疑二
			噫	格	客	○	黑	劾	額
邕變攝	侈音	開口呼							
		四江	胦握江	江古雙	腔苦江		肛許江	栙下江	岘五江
		三講	慃烏項	講古項	○		傋盧慃	項胡講	○
		四絳	○	絳古巷	○		○	巷胡絳	○
		四覺	渥於角	覺古岳	設苦角		吒許角	學胡覺	嶽五角
		合口呼	烏	姑	枯	○	呼	胡	吾
	弇音	齊齒呼	衣	幾	豈	其	義	圍	宜
		撮口呼	於	居	區	渠	盧	于	魚

2韻聲韻				舌　音						
				端	透	定	○	泥	○	○
				知	徹	澄	喻	娘	照三	穿三
				德	託	特	○	內	○	○
邑變攝	侈音	開口呼	四江	椿都江	憃丑江	幢宅江		膿女江		
			三講	○	○	○		○		
			四絳	*戇陟降	疐丑絳	瞳直絳		○		
			四覺	斵竹角	逴敕角	濁直角		搦女角		
		合口呼		都	土	徒	○	奴	○	○
				○	○	○		○		
				○	○	○		○		
				○	○	○		○		
	弇音	齊齒呼							之	叱
				豬	楮	除	余	女	諸	處
		撮口呼								

3韻				舌音					齒音	
聲				○	○	○	○	○	精一	清一
				牀三	審三	禪	日	來	精二	清二
				○	○	○	○	勒	則	采
邑變攝	侈音	開口呼	四江					瀧呂江		
			三講					○		
			四絳					○		
			四覺					犖呂角		
		合口呼		○	○	○	○	盧	祖	龐
								○		
								○		
								○		
								○		
	弇音	齊齒呼		食	詩	時	兒	離	即	七
		撮口呼		紓	書	墅	如	呂	借	取

4 聲 韻				齒　音						
				從一	心一	○	○	○	○	○
				從二	心二	邪	照二	穿二	牀二	審二
				在	塞	○	側	測	崱	色
邕變攝	侈音	開口呼	四江				○	囪楚江	*淙士江	*雙所江
			三講				○	○	○	○
			四絳				○	穀楚絳	漴士絳	淙色絳
			四覺				捉側角	娖測角	浞士角	朔所角
				徂	蘇	○	阻	初	鋤	疏
		合口呼					○	○	○	○
							○	○	○	○
							○	○	○	○
							○	○	○	○
	弇音			疾	息	夕	側	測	崱	色
		齊齒呼								
				咀	胥	除	阻	初	鋤	疏
		撮口呼								

5 韻 / 聲			脣音			
			幫 非 北	滂 敷 柏	並 奉 白	明 微 墨
邑變攝	侈音	開口呼	四江	邦博江	胮匹江	龐薄江	厖莫江
			三講	絜巴講	○	棒步項	佲武項
			四絳	○	*肨匹絳	○	○
			四覺	剝北角	璞匹角	雹蒲角	邈莫角
		合口呼		補	普	蒲	模
				○	○	○	○
				○	○	○	○
				○	○	○	○
				○	○	○	○
	弇音	齊齒呼		陂	披	皮	眉
				○	○	○	○
				○	○	○	○
				○	○	○	○
				○	○	○	○
		撮口呼		府	敷	扶	無

附表 〈《廣韻》補譜〉之三十/噫攝

1 韻 \ 聲				喉音	牙　音					
				影一	見一	溪一	○	曉一	匣一	疑一
				影二	見二	溪二	群	曉二	匣（于）	疑二
				噫	格	客	○	黑	劾	額
天幽變攝	侈音	開口呼	五肴	顤於交	交古肴	敲口交		虓許交	肴胡茅	聱五交
			三一巧	拗於絞	絞古巧	巧苦絞		○	窙下巧	齩五巧
			三六效	靿於教	教古孝	敲苦教		孝呼教	效胡教	樂五教
		合口呼		烏	姑	枯	○	呼	胡	吾
	弇音	齊齒呼		衣	幾	豈	其	義	囿	宜
			二十幽	幽於虯	樛居虯	*休去秋	虯渠幽	飍香幽	○	*聱語虯
			四六黝	黝於糾	糾居黝	○	蟉渠黝	○	○	○
			五一幼	幼伊謬	○	䫦丘謬	虯巨幼	○	○	○
		撮口呼		於	居	區	渠	虛	于	魚

2 韻 ＼ 聲				舌　音							
				端	透	定	○	泥	○	○	
				知	徹	澄	喻	娘	照三	穿三	
				德	託	特	○	內	○	○	
天幽變攝	侈音	開口呼	五肴	嘲陟交	麃敕交	桃直交		鐃女交		
			三一巧	獠張絞	○	○		獿奴巧		
			三六效	罩都教	*趠丑教	棹直教		橈奴教		
		合口呼		都	土	徒	○	奴	○	○
	弇音	齊齒呼							之	叱
			二十幽							
			四六黝							
			五一幼							
		撮口呼		豬	楮	除	余	女	諸	處

3 韻 ＼ 聲				牀三 ○	審三 ○	禪 ○	日 ○	來 勒	精一 精二 則	清一 清二 采
				舌音					**齒音**	
天幽變攝	侈音	開口呼	五肴					○		
			三一巧					○		
			三六效					○		
				○	○	○	○	盧	祖	麁
		合口呼								
	弇音	齊齒呼		食	詩	時	兒	離	即	七
			二十幽							
			四六黝							
			五一幼							
				紓	書	墅	如	呂	借	取
		撮口呼								

4 聲韻			齒音						
			從一	心一	○	○	○	○	○
			從二	心二	邪	照二	穿二	牀二	審二
			在	塞	○	側	測	崱	色
天幽變攝	侈音	開口呼							
		五肴				䅩側交	謲楚交	巢鉏交	梢所交
		三一巧				爪側絞	煼初爪	巐士絞	㲚山巧
		三六效				*抓側教	抄初教	*巢士稍	梢所教
		合口呼	徂	蘇	○	阻	初	鋤	疏
	弇音	齊齒呼	疾	息	夕	側	測	崱	色
		二十幽							
		四六黝							
		五一幼							
		撮口呼	咀	胥	除	阻	初	鋤	疏

5韻 聲			唇　　音			
			幫	滂	並	明
			非	敷	奉	微
			北	柏	白	墨
天幽變攝	佟音	開口呼	五肴　包布交	胞匹交	庖薄交	茅莫交
			三一巧　飽博巧	○	鮑薄絞	卯莫飽
			三六效　豹北教	奅匹兒	皰防教	皃莫教
		合口呼	補	普	蒲	模
	弇音	齊齒呼	陂	披	皮	眉
			二十幽　*彪甫烋	○	淲皮彪	繆武彪
			四六黝　○	○	○	○
			五一幼　○	○	○	謬靡幼
		撮口呼	府	敷	扶	無

附表　〈《廣韻》補譜〉之三一／音變攝

1 韻 ＼ 聲				喉音	牙音					
				影一	見一	溪一	○	曉一	匣一	疑一
				影二	見二	溪二	群	曉二	匣（于）	疑二
				噫	格	客	○	黑	劾	額
音變攝	侈音	開口呼	二六咸	猎乙咸	緘古咸	鵮苦咸		歁許咸	咸胡讒	嵒五咸
			五三豏	黯乙減	鹻古斬	㾩苦減		闞火斬	豏下斬	○
			五八陷	𪕭於陷	餡公陷	歉口陷		○	陷戶韽	顑五陷
			三一洽	𪗙烏洽	夾古洽	恰苦洽		鮚呼洽	洽侯夾	睚五夾
		合口呼		烏	姑	枯	○	呼	胡	吾
	弇音	齊齒呼		衣	幾	豈	其	義	囿	宜
			二九凡	○	○	㪲丘凡	○	○	○	○
			五五范	○	○	凵丘犯	○	○	○	○
			六十梵	○	○	欠去劍	○	○	○	○
			三四乏	○	○	猲起法	○	○	○	○
		撮口呼		於	居	區	渠	虛	于	魚

2韻 聲			舌　音						
		聲	端	透	定	○	泥	○	○
			知	徹	澄	喻	娘	照三	穿三
			德	託	特	○	內	○	○
音變攝	侈音	開口呼 二六咸	詀竹咸	○	○		諵女咸		
		五三豏	○	儳丑減	湛徒減		圉女減		
		五八陷	魡陟陷	○	賺佇陷		諵尼賺		
		三一洽	箚竹洽	疌丑図	○		図女洽		
		合口呼	都	土	徒	○	奴	○	○
	弇音	齊齒呼						之	叱
		二九凡							
		五五范							
		六十梵							
		三四乏							
		撮口呼	豬	楮	除	余	女	諸	處

3韻			舌　音					齒　音	
聲			○	○	○	○	○	精一	清一
			牀三	審三	禪	日	來	精二	清二
			○	○	○	○	勒	則	采
音變攝	侈音	開口呼							
		二六咸					○		
		五三鹻					臉力減		
		五八陷					○		
		三一洽							
			○	○	○	○	盧	祖	篦
		合口呼							
	弇音	齊齒呼	食	詩	時	兒	離	即	七
		二九凡							
		五五范							
		六十梵							
		三四乏							
			紓	書	墅	如	呂	借	取
		撮口呼							

4韻 聲				齒音						
			聲	從一	心一	○	○	○	○	○
			韻	從二	心二	邪	照二	穿二	牀二	審二
				在	塞	○	側	測	崱	色
音變攝	侈音	開口呼	二六咸				○	○	讒士咸	攙所咸
			五三謙				斬側減	臁初減	瀺士減	摻所斬
			五八陷				蘸莊陷	○	儳仕陷	○
			三一洽				眨則洽	插楚洽	蓬士洽	霎山洽
		合口呼		徂	蘇	○	阻	初	鋤	疏
	弇音	齊齒呼		疾	息	夕	側	測	崱	色
			二九凡							
			五五范							
			六十梵							
			三四乏							
		撮口呼		咀	胥	除	阻	初	鋤	疏

5 韻			唇　音			
		聲	幫	滂	並	明
			非	敷	奉	微
			北	柏	白	墨
音變攝	侈音	開口呼 二六咸	○	○	○	○
		五三賺	○	○	○	○
		五八陷	○	○	○	○
		三一洽	○	○	○	○
			補	普	蒲	模
		合口呼				
	弇音	齊齒呼	陂	披	皮	眉
		二九凡	○	芝匹凡	*凡符咸	○
		五五范	腰府犯	釩峯犯	*范防泛	鋄亡范
		六十梵	○	汎孚梵	梵扶泛	○
		三四乏	法方乏	姂孚法	乏房法	○
			府	敷	扶	無
		撮口呼				

附表　《《廣韻》補譜》之三二／奄變攝

1 聲／韻				喉音	牙音					
				影一	見一	溪一	○	曉一	匣一	疑一
				影二	見二	溪二	群	曉二	匣（于）	疑二
				噫	格	客	○	黑	劾	額
奄變攝	侈音	開口呼	二七銜	○	監古銜	嵌口銜		○	銜戶監	嚴五銜
			五四檻		○	顤丘檻		瞰荒檻	*檻胡黤	○
			五九鑑	○	鑑格懺	○		傲許鑑	覽胡懺	○
			二三狎	鴨烏甲	甲古狎	○		呷呼甲	狎胡甲	○
				烏	姑	枯	○	呼	胡	吾
		合口呼								
	弇音	齊齒呼		衣	幾	豈	其	義	囷	宜
			二八嚴	醃於嚴	○	敧丘嚴	○	險盧嚴	○	嚴語險
			五二广	掩於广	○	*敧丘广	○	○	○	*广魚掩
			五七釅	○	○	敧丘釅	○	*脅許欠	○	*釅魚欠
			三三業	腌於業	劫居怯	怯去劫	跲巨業	脅虛業	○	業魚怯
				於	居	區	渠	虛	于	魚
		撮口呼								

2 韻	聲			舌　音							
				端	透	定	○	泥	○	○	
				知	徹	澄	喻	娘	照三	穿三	
				德	託	特	○	內	○	○	
奄變攝	侈音	開口呼	二七銜	○	○	○		○			
			五四檻	○	○	○		○			
			五九鑑	○	○	○		○			
			二三狎	○	○	*渫文甲		○			
		合口呼		都	土	徒	○	奴	○	○	
	弇音	齊齒呼							之	叱	
			二八嚴								
			五二儼								
			五七釅								
			三三業								
		撮口呼		豬	楮	除	余	女	諸	處	

3韻＼聲				舌　音					齒　音	
				○	○	○	○	○	精一	清一
				牀三	審三	禪	日	來	精二	清二
				○	○	○	○	勒	則	采
奄變攝	侈音	開口呼	二七銜					○		
			五四檻					○		
			五九鑑					○		
			二三狎					○		
				○	○	○	○	盧	祖	麄
		合口呼								
	弇音	齊齒呼		食	詩	時	兒	離	即	七
			二八嚴							
			五二儼							
			五七釅							
			三三業							
				紓	書	墅	如	呂	借	取
		撮口呼								

4韻　聲	齒音						
	從一	心一	○	○	○	○	○
	從二	心二	邪	照二	穿二	牀二	審二
	在	塞	○	側	測	剻	色
開口呼　二七銜				○	欃楚銜	巉鋤銜	衫所銜
五四檻				○	醶初檻	巉仕檻	撏山檻
五九鑑				*覽子鑑	懺楚鑒	鑱士懺	釤所鑑
二三狎				○	○	○	翣所甲
	徂	蘇	○	阻	初	鋤	疏
合口呼							
	疾	息	夕	側	測	剻	色
齊齒呼　二八嚴							
五二儼							
五七釅							
三三業							
	咀	胥	除	阻	初	鋤	疏
撮口呼							

（左側縱標：奄變攝　侈音　弇音　呇音　弇音）

5韻 / 聲			唇　音			
			幫	滂	並	明
			非	敷	奉	微
			北	柏	白	墨
奄變攝	侈音	開口呼 二七銜	○	○	豉白銜	
		五四檻	○	○	○	
		五九鑑	○	○	湴蒲鑑	
		二三狎	○	○	○	
		合口呼	補	普	蒲	模
	弇音	齊齒呼	陂	披	皮	眉
		二八嚴	○	○	○	○
		五二儼	○	○	○	○
		五七釅	○	○	○	菱亡劍
		三三業	○	○	○	○
		撮口呼	府	敷	扶	無

參考文獻舉要

【古籍】

1. 《詩》《十三經注疏》，臺北：藝文印書館，1989 年 1 月。
2. 《書》《十三經注疏》，臺北：藝文印書館，1989 年 1 月。
3. 《儀禮》《十三經注疏》，臺北：藝文印書館，1989 年 1 月。
4. 《左傳》《十三經注疏》，臺北：藝文印書館，1989 年 1 月。
5. 《穀梁傳》《十三經注疏》，臺北：藝文印書館，1989 年 1 月。
6. 《公羊傳》《十三經注疏》，臺北：藝文印書館，1989 年 1 月。
7. 《爾雅》《十三經注疏》，臺北：藝文印書館，1989 年 1 月。
8. 《前漢書・匡衡傳》，臺北：臺灣中華書局，1984 年 4 月。
9. 《漢書・藝文志》《四部備要》，臺北：臺灣中華書局。1971 年 12 月臺二版。
10. 《魏書・江式傳》《四部備要》，臺北：臺灣中華書局。1971 年 9 月臺二版。
11. 《晉書・律歷志》《四部備要》，臺北：臺灣中華書局。1971 年 12 月臺二版。
12. 《梁書・沈約傳》《四部備要》，臺北：臺灣中華書局。1971 年 11 月臺二版。
13. 《隋書・經籍志》《四部備要》，臺北：臺灣中華書局。1971 年 12 月臺二版。
14. 《隋書・潘徽傳》《四部備要》，臺北：臺灣中華書局。1971 年 12 月臺二版。
15. 《新唐書・楊收傳》《四部備要》，臺北：臺灣中華書局。1971 年 12 月臺二版。

【古籍專書】

1. 丁度《集韻》《小學名著五種》，北京：中華書局。1998 年 11 月。
2. 孔廣森《詩聲類》，成都：渭南嚴氏用㯙軒孔氏本刊印，甲子嘉平月。

3. 王念孫《廣雅疏證》，南京：江蘇古籍出版社，2000 年 9 月。

4. 王國維《觀堂集林》《海寧王靖安先生遺書》，臺北：臺灣商務印書館，1979 年 5 月臺二版。

5. 王應麟《玉海》，臺北：大化書局，1977 年 12 月。

6. 司馬光《切韻指掌圖》《等韻五種》，臺北：藝文印書館，1998 年 3 月。

7. 玄應《一切經音義》，臺北：中央研究院歷史語言研究所專刊之四十七，1992 年 12 月。

8. 朱駿聲《說文通訓定聲》，臺北：臺灣商務印書館，1994 年 1 月。

9. 江永《四聲切韻表》《貸園叢書》，臺北：藝文印書館，1970 年。

10. 江永《音學辨微》，臺北：廣文書局。1966 年 1 月。

11. 江有誥〈古韻凡例〉《江氏音學十書》，臺北：廣文書局，1966 年 1 月。

12. 江有誥《江氏音學十書》，臺北：廣文書局，1966 年 1 月。

13. 沈括《夢溪筆談》，上海：上海書店出版社，2003 年 3 月。

14. 空海《文鏡秘府論》，臺北：學海出版社，1974 年 1 月。

15. 姚文田《說文聲系》，臺北：新文豐書局，1985 年。

16. 封演《封氏聞見記》《四庫全書》，臺北：臺灣商務印書館，1983 年 10 月。

17. 段玉裁《六書音韻表》，參見許慎撰，段玉裁注《說文解字注》，臺北：黎明文化事業公司，1988 年 10 月。

18. 段玉裁注《說文解字注》，臺北：黎明文化事業有限公司，1988 年 7 月。

19. 洪榜《四聲韻和表》，臺北：臺灣中華書局，1969 年 1 月。

20. 紀昀等撰《四庫全書總目提要》，臺北：臺灣商務印書館，1983 年 10 月。

21. 夏炘《詩古韻表二十二部集說》，（臺北：廣文書局。1961 年 2 月），

22. 孫愐《唐韻》，參見《新校宋本廣韻》，臺北：洪葉文化事業有限公司，2007 年 9 月。

23. 孫詒讓《周禮正義》《四庫全書》，臺北：臺灣商務印書館，1983 年 10 月。

24. 徐鍇《說文解字篆韻譜》《四庫全書》，臺北：臺灣商務印書館，1983 年 10 月。

25. 徐鍇著《說文解字繫傳》，北京：中華書局。1998 年 12 月。

26. 張守節《史記正義》《四庫全書》，臺北：臺灣商務印書館。1983 年 10 月。

27. 張煊〈求進步齋音論〉，參見于大成、陳新雄博士主編《聲韻學論文集》，臺北：木鐸出版社，1976 年 5 月。

28. 許觀東《東齋紀事》，臺北：新文豐書局，1984 年。

29. 陳第《毛詩古音考》，（臺北：廣文書局，1966 年 1 月），

30. 陳彭年、丘雍《廣韻》，臺北：洪葉文化事業有限公司。2007 年 9 月。

31. 陳澧《切韻考》，臺灣：學生書局，1969 年 1 月。

32. 陸德明《經典釋文》，北京：中華書局。1983 年 9 月。

33. 勞乃宣《等韻一得》，臺北：臺灣師範大學。影印光緒戊戌吳橋官廨刻版。

34. 揚雄《方言》，《揚雄方言校釋匯證》，北京：中華書局，2006 年 9 月。

35. 黃公紹編《古今韻會舉要》，臺北：大化書局，1979 年 11 月。

36. 黃永鎮《古韻學源流》，臺北：臺灣商務印書館，1966 年。

37. 葉夢得《石林詩話》《四庫全書》，臺北：臺灣商務印書館，1983 年 10 月。

38. 鄒漢勳《五均論》，《鄒叔子遺書》，自藏古籍善本。

39. 劉勰《文心雕龍》，臺北：文史哲出版社。1988 年 4 月。

40. 歐陽脩《歐陽文忠公全集》，上海：上海商務印書館，1965 年 9 月。

41. 潘耒《類音》，上海：上海古籍出版社，2002 年，遂初堂藏版影印。

42. 鄭樵《七音略》《等韻五種》，臺北：藝文印書館，1998 年 3 月。

43. 錢大昕《十駕齋養新錄》，臺北：臺灣中華書局，1982 年 10 月。

44. 錢大昕《潛研堂集》，臺北：台灣商務印書館，1983 年 11 月。

45. 錢坫《詩音表》，渭南嚴氏擁萬堂刊本。

46. 閻若璩《尚書古文疏證》《四庫全書》，臺北：臺灣商務印書館，1983 年 10 月。

47. 戴震《聲韻考》，臺北：廣文書局。1966 年 1 月。

48. 顏之推《顏氏家訓》《四庫全書》，臺北：臺灣商務印書館。1983 年 10 月。

49. 蕭統《昭明文選》，臺北：華正書局，1987 年 9 月。

50. 嚴可均《說文聲類》，木刻本影印，甲子嘉平月四錄堂本。

51. 顧炎武《音學五書》，北京：中華書局。2005 年 02 月。

52. 顧炎武《音學五書》，北京：中華書局。2005 年 2 月。

【現代專書】

1. 于大成、陳新雄博士主編《聲韻學論文集》，臺北：木鐸出版社，1976 年 5 月。

2. 王力《清代古音學》，北京：中華書局，2013 年 8 月。

3. 王力《漢語史稿》，北京：中華書局，2001 年 2 月。

4. 王力《漢語音韻》，臺北：弘道文化事業有限公司，1975 年 8 月。

5. 王力《漢語音韻學》，臺北：友聯出版社。2004 年 7 月。

6. 王力著陳振寰選編《王力文選》，桂林：廣西師範大學，2000 年 4 月。

7. 司馬朝軍王文暉《黃侃年譜》，武漢：湖北人民出版社，2005 年 11 月。

8. 何大安《聲韻學中的觀念和方法》，臺北：大安出版社。1987 年 12 月。

9. 何廣棪《碩堂文存三編》，臺北：里仁書局，1995 年 6 月。

10. 吳澤順《漢語音轉研究》，長沙：岳麓書院，2006 年 1 月。

11. 李開《戴震評傳》，南京：南京大學出版社，1992 年 8 月。

12. 李榮《切韻音系》，北京：中國科學院，1952 年。

13. 李方桂《上古音研究》，北京：商務印書館，2003 年 9 月。

14. 李方桂《李芳桂先生口述歷史》，北京：清華大學，2003 年 9 月。

15. 李光地《音學闡微》，臺北：臺灣學生書局。1996 年 3 月。

16. 李肖聃《李肖聃集》，長沙：岳麓書社，2008 年 12 月。

17. 李國英《周禮異文考》《師範大學國文研究所集刊》，臺北：臺灣省立師範大學，1966 年 6 月。

18. 李國英《說文類釋》，臺北：全球印刷公司，1975 年 7 月。

19. 李新魁《古音概說》，廣州：廣東人民出版社，1979 年 12 月。

20. 李新魁《韻鏡校證》，北京：中華書局，1982 年 4 月。

21. 李葆嘉《清代上古聲紐研究史論》，臺北：五南圖書出版公司，1996 年 6 月。

22. 杜其容《音韻學論文集》，北京：中華書局，2008 年 11 月。

23. 周祖謨《周祖謨語言學論文集》，北京：商務印書館，2001 年 10 月。

24. 周祖謨《問學集》，北京：中華書局。2004 年 7 月。

25. 周祖謨《問學集》，北京：中華書局。2004 年 7 月。

26. 周祖謨編《唐五代韻書集存》，臺北：學生書局，1994 年 4 月。

27. 屈萬里《魯實先先生逝世百日紀念哀思錄》，臺北：洙泗出版社，1978 年。

28. 林尹著，林炯陽注釋《中國聲韻學通論》，臺北：黎明文化事業公司，1989 年 9 月。

29. 林平和《李元音切譜之古音學》，臺北：文史哲出版社，1980 年 4 月。

30. 林語堂《林語堂語言學論叢》，臺北：臺灣文星書局，1967 年 5 月。

31. 林慶勳、竺家寧《古音學入門》，臺北：臺灣學生書局，1999 年 9 月。

32. 林慶勳《音韻闡微研究》，臺北：臺灣學生書局，1988 年 4 月。

33. 竺家寧《古音之旅》，臺北：萬卷樓圖書有限公司，1998 年 12 月。

34. 竺家寧《聲韻學》，臺北：五南圖書出版公司，1993 年 11 月。

35. 邵榮芬《切韻研究》，北京：中華書局。2008 年 12 月。

36. 姜亮夫《中國聲韻學》，臺北：文史哲出版社。1971 年 2 月。

37. 姜亮夫《瀛涯敦煌韻輯》，臺北：鼎文書局，1972 年。

38. 徐立亭《章太炎》，哈爾濱市：哈爾濱出版社，1996 年 8 月。

39. 耿振生《20 世紀漢語音韻學方法論》，北京：北京大學。2004 年 9 月。

40. 高本漢《中國音韻學研究》，臺北：臺灣商務印書館。1966 年 5 月。

41. 高本漢撰，張洪年譯《中國聲韻學大綱》，臺北：國立編譯館，1990 年 07 月。

42. 國立師範大學國音教材編輯委員會編纂《國音學》，臺北：正中書局。2005 年 2 月。

43. 張世祿《中國音韻學史》，臺北：臺灣商務印書館。2000 年 5 月。

44. 張民權《清代前期古音學研究》，北京：北京廣播學院，2002 年 9 月。

45. 張光宇《切韻與方言》，臺北：臺灣商務印書館，2005 年 5 月。

46. 梁啓超《中國近三百年學術史》，天津：天津古籍出版社，2003 年 5 月。

47. 梁僧寶《切韻求蒙》，臺北：廣文書局，1967 年 10 月。

48. 章太炎《國故論衡》，上海：上海古籍出版社，2003 年 4 月。

49. 章太炎《國學講演錄》，南京：鳳凰出版社，2008 年。

50. 郭紹虞《中國文學批評史》，臺北：文史哲出版社。1988 年 4 月。

51. 陳新雄《古音研究》，臺北：五南圖書出版公司，2000 年 11 月。

52. 陳新雄《古音學發微》，臺北：文史哲出版社，2000 年 11 月。

53. 陳新雄《音略證補》，臺北：文史哲出版社，1990 年 04 月，增十三版。

54. 陳新雄《陳新雄語言學論學集》，北京：中華書局，2010 年 10 月。

55. 陳新雄《等韻述要》，臺北：藝文印書館，1996 年 10 月。

56. 陳新雄《廣韻研究》，臺北：臺灣學生書局。2004 年 11 月。

57. 陳新雄《聲韻學》，臺北：文史哲出版社。2005 年 9 月。

58. 陳新雄《鍥不舍齋論學集》，臺北：台灣學生書局，1990 年 10 月。

59. 陸昕《祖父陸宗達及其師友》，北京：人民文化出版社，2012 年 1 月。

60. 曾運乾《毛詩說》，長沙：岳麓書院，1990 年 5 月。

61. 曾運乾《尚書正讀》，北京：中華書局，2000 年 11 月。

62. 曾運乾《音韵學講義》，北京：中華書局，2000 年 11 月。

63. 程千帆唐文編《量守廬學記》，北京：三聯書店，2006 年 11 月。

64. 黃孝德《黃侃小學評述》，武漢：武漢大學出版社，2005 年 10 月。

65. 黃侃《音略》，參見陳新雄《音略證補》，臺北：文史哲出版社，1990 年 04 月。

66. 黃侃《黃侃國學文集》，北京：中華書局。2006 年 05 月。

67. 黃侃《廣韻校錄》，北京：中華書局。2006 年 05 月。

68. 黃侃口述，黃焯筆記《文字聲韻訓詁筆記》，臺北：木鐸出版社。1983 年 9 月。

69. 黃笑山《切韻和中唐五代音位系統》，臺北：文津出版社，1995 年 7 月。1991 年廈門大學博士論文。

70. 黃淬伯《慧琳一切經音義反切攷》，臺北：中央研究院歷史語言研究所，1993 年 2 月。

71. 楊樹達《積微居小學述林全編》，上海：上海古籍出版社，2007 年 8 月。

72. 楊樹達《積微居詩文鈔》，上海：上海古籍出版社，2006 年 12 月。

73. 楊樹達《積微翁回憶錄》，北京：北京大學出版社，2007 年 5 月。

74. 董同龢《上古音韻表稿》，臺北：中央研究院歷史語言研究所，1944 年 12 月。

75. 董同龢《中國語音史》，臺北：中華文化出版事業委員會，1954 年 2 月。

76. 董同龢《中國語學大綱》，臺北：東華書局，1987 年 10 月。

77. 董同龢《漢語音韻學》，臺北：文史哲出版社，2000 年 04 月。

78. 趙憩之《等韻源流》，臺北：文史哲出版社，1985 年 7 月。

79. 劉賾《音韻學表解》，上海：上海商務印書館，1934 年。

80. 劉至誠《說文古韻譜》，臺北：龍泉出版社，1973 年 6 月。

81. 劉冠才《兩漢聲母系統研究》，上海：上海古籍出版社，2012 年 12 月。

82. 劉夢溪編《中國現代學術經典‧黃侃劉師培卷》，石家庄：河北教育出版社，
1996 年 8 月。

83. 鄭遠漢《黃侃學術研究》，武漢：武漢大學出版社，1997 年 5 月。

84. 錢玄同《錢玄同文集》，北京：中國人民大學出版社，1999 年 7 月。

85. 龍宇純《中上古漢語音韻論文集》，臺北：五四書店、利氏學社。2002 年 12 月。

86. 龍宇純《韻鏡校注》，臺北：藝文印書館，1997 年 8 月。

87. 瀧川龜太郎《史記會注考證》，臺北：洪氏出版社，1996 年 10 月。

88. 羅常培《周秦古音研究述略》，《羅常培紀念論文集》，臺北：商務印書館，1984
年 11 月。

89. 羅常培《漢語音韻學導論》，臺北：里仁書局。1982 年 8 月。

90. 羅常培《羅常培文集》，山東：教育出版社。2008 南 11 月。

【期刊論文】

1. 白滌洲〈廣韻聲紐韻類之統計〉，（北京：北京師範大學《學術季刊》，1931 年
2 期 1 卷。

2. 伏俊連〈曾運乾先生對中國聲韻學的傑出貢獻——兼談古聲十九紐與三十二紐
之爭〉，《西北師大學報》，1993 年第 6 期。

3. 金周生〈讀曾運乾「喻母古讀考」札記二則〉見《聲韻論叢》第一輯，

4. 臺北：臺灣學生書局，1994 年 5 月。

5. 姚榮松〈切韻指掌圖研究〉《國文研究所及刊》第十八期，聯合出版社，1974
年 6 月。

6. 時建國〈曾運乾《切韻》五十一紐說〉，《西北師大學報》第 35 卷第 5 期，1998
年 10 月。

7. 陳新雄〈黃侃與曾運乾之古音學〉《第五屆近代中國學術研討會論文集》，臺北：
政治大學中文系，1999 年 3 月。

8. 陳澧撰羅偉豪點校《切韻考》，廣州：廣東教育出版社，2005 年 5 月。

9. 陸志韋〈證《廣韻》五十一聲類〉燕京學報 25 期，1939 年 06 月。

10. 曾運乾〈讀敖士英關於研究古音的一個商榷〉，參見《學衡》第 77 期，1932 年。

11. 黃伯軒〈祭曾星笠先生〉《文風學報》，1947 年第 1 期。

12. 黃淬伯〈討論切韻的韻部與聲紐〉《史語所周刊》第 6 集第 61 期，1928 年。

13. 葉鍵得〈《切韻》序〉「支脂魚虞共爲不/一韻」再探〉《應用語文學報》，臺北：
臺北市立教育大學，2004 年 6 月。

14. 葉鍵得〈陳澧系聯《廣韻》切語上下字條例的教學設計與問題討論〉《應用語

文學報》，臺北：臺北市立教育大學，2004 年 6 月。

15. 葉鍵得〈關於〈切韻序〉的幾個問題〉《應用語文學報》，臺北：臺北市立教育大學，2004 年 6 月。

16. 葉鍵得〈顧炎武離析《唐韻》以求古音分合析論〉《應用語文學報》，臺北：臺北市立教育大學，2004 年 6 月。

17. 葛毅卿〈喻三入匣再證〉，臺北：歷史語言所集刊八本之一，1971 年再版。

18. 董同龢〈脂微分部問題〉《上古音韻表》，臺北：中央研究院歷史語言研究所，1944 年 12 月。

19. 趙元任〈中古漢語裡的語音區別〉，《哈佛燕京學報》第五卷第二期，1941 年。

20. 劉復〈守溫三十六字母排列法之研究〉，《國學季刊》一卷三號。

21. 蔡信發〈三十攝增補〉，參見《圈點說文解字》，臺北：書銘出版公司，1990 年。

22. 錢玄同〈古音無邪紐證〉《錢玄同文集》，北京：中國人民大學，1999 年 3 月。

23. 錢玄同〈古韻二十八部音讀之假定〉《錢玄同文集》，北京：中國人民大學出版社，1999 年 7 月。

24. 戴震〈書劉鑑切韻指南後〉《聲韻考》，臺北：藝文印書館，1998 年 3 月。

25. 謝磊〈齒音二、四等的真假和內轉、外轉——兼論黃季剛先生的古本音說不可抹殺〉，蘭州：蘭州教育學院學報，第一期，1994 年。

26. 羅偉豪〈從陳澧《切韻考》的「明微合一」看廣州音〉，參見《衡陽師範學院學報》第 21 卷第 4 期，2008 年 8 月。

27. 羅常培〈《經典釋文》和原本《玉篇》反切中匣于兩紐〉，臺北：歷史語言所集刊八本之一。1971 年再版。

28. 羅常培〈燉煌寫本守溫韻學殘卷跋〉《中央研究院集刊》第三本，1934 年。

【學位論文】

1. 何昆益《《四聲等子》與《切韻指掌圖》比較研究》，高雄：高學師範大學國文學系博士論文 2009 年。

2. 林慶勳《段玉裁之生平及其學術研究》，臺北：中國文化大學中國文學系博士論文，1978 年。

3. 金泰成《黃侃古音學之研究》，臺北：東吳大學國文所博士論文，1996 年 6 月。

4. 柯淑齡《黃季剛先生之生平及其學術》，臺北：中國文化大學中國文學系博士論文，1981 年。

5. 張慧美《王力之上古音》，臺中：東海大學大學中國文學所博士論文，1993 年。

6. 都惠敏《劉逢祿古音學研究》，臺北：政治大學中國文學系博士論文，1999 年。

7. 葉鍵得《十韻彙編研究》，臺北：文化大學中國文學所博士論文，1987 年。

8. 潘柏年《陳澧《切韻考》研究》，臺北：台灣師範大學國文所博士論文，2010 年。

9. 王芳彥《五均論研究》，臺北：台灣師範大學國文所碩士論文，1970 年。

10. 丘彥遂《喻四的上古來源、聲值及其演變》，高雄：國立中山大學國文系碩士論文，2002 年。

11. 李岳儒《潘未《類音》與吳江方言的比較研究》，臺北：台灣師範大學國文所碩士論文，2000 年。

12. 林志華《鄒氏《五均論》述評》，臺北：台灣逢甲大學中國國文所碩士論文，1997 年。

13. 金周生《《廣韻》一字多音現象初探》，臺北：輔仁大學中國文學所碩士論文，1978 年。

14. 翁慧芳《《韻鏡》及《七音略》之比較》，臺北：台灣師範大學國文所碩士論文，2007 年。

15. 郭乃禎《戴震《聲類表》研究》，臺北：台灣師範大學國文學所碩士論文，1997 年。

16. 羅燦裕《類音研究》，臺北：台灣師範大學國文所碩士論文，1997 年。